僕たちは恋をしない

短編プロジェクト 編

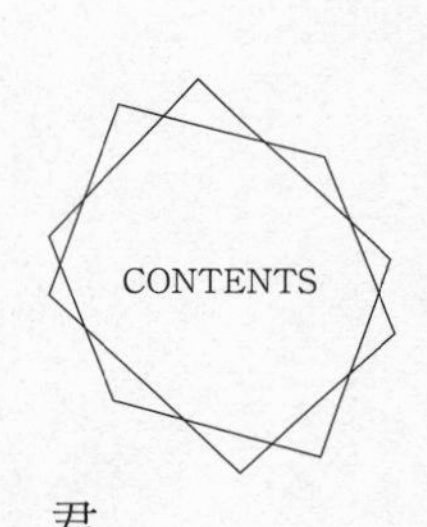

CONTENTS

僕たちは恋をしない

僕たちは恋をしない

岡田朔

私たちは恋をしない

「階段を上る音がした」

森緒（もりお）君は小声で言い、準備はいいよね、というように私を見た。

頭の中で鼓動が走り出す音が聴こえる。緊張、トキメキ、どっちなんだろう。混ざりあってよくわからない。私は何も顔に出さないようにして、ただ無言で頷（うなず）き返した。

すぐに森緒君が私の肩に手を掛け、顔を傾ける。——そこでキープ。

足音がどんどん近づいてくる。

近づきすぎて表情が見えないけれど、彼は今、どんな小さな音も聞き逃さないように集中しているんだろう。張りつめた空気を感じる。

部屋のドアは、猫が一匹通れるだけの隙間が空いている。森緒君の家では、きなこという猫を飼っていて、猫が出入りできるように家族全員が部屋のドアを完全には閉めない約束になっているらしい。

確かに猫は彼のベッドの上で、気持ちよさそうに丸まって眠っている。でも、今ドアを開けているのは猫のためじゃない。ドアに背を向けている森緒君からは見えないけれど、私からはドアの向こう側がしっかり見える。当然、向こうからも覗くことは可能で。

人影が見えたと思った瞬間、唇が触れた。キスってこんな感じなんだ。普通に皮膚と皮膚が触れ合うより、ずっと柔らかい。

つい私は、瞼を閉じてしまった。キスをしている森緒君の顔を、じっくり観察するつもりだったのに、彼とのキスをしっかり感じてみたくなってしまって。

森緒君の指が私の髪の中に入り込み、頭皮をじりじりと撫でていく。さらに強く押しつけられた唇の感覚が、冷静でいたいと思う私の心を乱し、胸を高鳴らせる。

「羽風、お友だちが来ているのね。お茶とお菓子を置いておくわよ」

森緒君のお母さんの声が、部屋の前でした。震えているような気もしたけれど、それは私の思い過ごしなのかもしれない。

部屋の前にトレーが置かれたんだろう。ゴトンという音がすると、森緒君は何の余韻もなく私から離れてしまった。

無言のまま、森緒君とドアの向こうにある空間をじっと見つめていると、お母さんが階段を下りていく音がした。

「ありがとう。テスト前だから、勉強しているんだ！」

下の階に向かって、彼はわざとらしい嘘をつく。勉強なんて少しもしていなかったくせに。

「きなこは部屋にいる？」

森緒君のお母さんも、まるで部屋の中なんて覗いていないと主張するような嘘をついた。

きなこはピクンと耳を動かすと、体を大きく伸ばしてから、部屋を出ていった。

「今、そっちに行ったよ」

森緒君が答えても、もうお母さんは返事をしなかった。

お母さんは今何を考えているんだろう。私の顔は絶対に見えたはずだ。何度か学校で挨拶をしたことがあるから、私が誰なのかは知っているだろうし、そのせいでパニックに陥っているのかもしれない。

「成功したってところかな」

森緒君はあぐらをかいてから、猫と同じくらい大きく伸びをした。

さっきまでキスをしていたなんて思えないほど、森緒君はそっけない。私とキスをしたことなんて、彼にとってはたいしたことではないんだろう。

仕方のないことだと思う。森緒君は、私に恋なんてしていないんだから。私だってそうだ。もっとも、私の場合は、建前上の話だけど。

「さあ、ここからが見ものだね。あいつらがどう動くのか」

森緒君の目に、静かな怒りが見えた。

「笹野さんも家に帰ったら、しばらく会長のことを用心深く見張っていて。あいつらから、僕たちの関係を訊かれることがあるかもしれないけど、はっきりと答えちゃダメだよ。上手くはぐらかしておくこと」

「そうする」

「何かリアクションがあったら、もうひと押ししよう。そうすれば、あいつらもさすがに別れるよ」

森緒君は、私のお父さんのことを会長と呼ぶ。彼のお母さんのことは、あの人と言い、二人合わせるとあいつらになる。なかなか敵意のこもった表現だと思う。

「わかった」

私はそっけなく答えた。だって私たちの関係は、ただの共犯者なんだから、ドキドキなんてしてはいけないのだ。

高校に入ってすぐ、お父さんはＰＴＡ会長になった。お父さんは何かとそういう役をやる。断れないだの自営業だから仕方がないだのと言っているけれど、単純に頼られるのが好きなんだと私は知っている。きっと家では誰も頼りにしていないから、外でぐらい頼られたいんだろう。

森緒君のお母さんが副会長だと知ったのは、二年生になってからだ。お父さんが置きっぱなしにしていたPTA会報を、何の気なしにペラペラと捲ってみたら、副会長の欄に森緒という苗字の人の顔写真が載っていた。森緒君にとてもよく似た綺麗な女の人だった。

森緒君とは、一年生のクラスが一緒だった。彼はいつも本を読んでいて、授業中にまで読んでいるから、先生に叱られることもある。けれど、常に成績はトップクラスで、教科書を一通り読むと、大概のことは理解できてしまうんだと、ほかの男子に自分で言っているのを聞いたことがある。そういうことを言っても、嫌味に聞こえないのが森緒君なのだ。

森緒君は人気の運動部所属でもないし、派手な男子集団に属しているわけでもないけれど、ひっそりと人気がある。単純に森緒君が綺麗な顔をしていることや、落ち着いた雰囲気とか、優しそうな喋り方なんかが関係しているんだと思う。

彼が本のページを捲っていると、とても様になる。たとえそれが、グロテスクな死体が次々と現れるミステリや、歴史上有名な殺人鬼に関する本だったとしても。

もちろん、森緒君がいつも何の本を読んでいるかなんて、誰も気にはしていない。私も偶然知るまでは、きっと純文学でも読んでいるんだろうと思っていた。彼は普段、そんな雰囲気を醸し出しているのだ。

けれど、私は好青年だから森緒君を好きになったわけじゃない。どちらかというと、好青年になんてあまり興味はないほうだと思う。そんな私が、森緒君を意識するようになったのは、偶然彼の裏の顔を見てしまったからだった。

前日の夜に終わらなかった宿題を片づけるため、朝早く教室に足を運んだことがあった。中に入ろうとすると、森緒君が熱心に本を読んでいるのが見えた。

本を読みながら、彼はとても悪い顔をしていた。人の不幸をひっそりと喜んでいるような顔だった。

彼は私が部屋に入ってきたことに気づき、いつもの好青年の顔に戻って、おはようと爽やかに挨拶した。けれど、私は森緒君の内に潜む影を、確かに見た気がしたのだ。

それからというもの、私は森緒君をよく観察するようになった。

森緒君に惹かれていることを自覚したのは、本屋での出会いだった。

彼は新刊コーナーに立って、文庫本を熱心に読んでいた。何を読んでいるのか気になったけれど、森緒君とは数回話したことがあるだけだったから、いきなり声を掛けるのはためらわれた。そこで私は、そっと近くまで行き、彼が読んでいる本を盗み見ることにしたのだ。私はそういったことに対して罪悪感を持つような人間じゃない。

驚いたことに、その本は私が本屋に来た目的で、もう袋に入れられて腕に抱えている小説だった。

とことん残酷でグロテスクなサイコパスホラー。とても趣味がいいとは言えない類の小説だけど、私の大好物だ。

好青年の森緒君なら顔をしかめそうなものだけど、実際の彼は違った。数分の間、熱心に悪い笑みを浮かべながら読んでいたかと思うと、パタンと本を閉じ、棚に戻さずにレジに向かったのだ。

本屋を出た森緒君に声を掛けるのに、もうためらいはなかった。あのときの彼の悪い顔は、やっぱり気のせいではなかったんだから。

「森緒君？」

偶然を装い、私は声を掛けた。

「……笹野さん」

「偶然ね。私も本を買いにきたの」

「へえ。そうなんだ」

森緒君は興味なさそうに答えると、さっさと歩きだそうとする。

「森緒君は何を買ったの？」

私は、森緒君の迷惑そうな顔を無視して、追いかけながら話を続けることにした。彼が逃げたいのも当然だろう。本を見られたら、森緒君のイメージが崩れてしまうんだから。

「ただの小説だよ。笹野さんは？」

興味なんてないだろうに、気をつかって私にも訊いてくれるあたりが、森緒君が優しいと言われる所以なんだろう。

「私はね、これ」

書店の紙袋から、今買ったばかりの小説を取り出すと、森緒君が驚いた顔をした。私がこんな本を読むとは想像していなかったようだ。

「……僕もそれ」

「そうなんだ。私、こういうの大好きなの」

にっこり笑うと、森緒君の目に光が灯ったように見えた。

私が本の話をし始めると、彼もだんだん饒舌になり、私たちは公園のベンチに座って何時間も話し続けた。お互いの好きな、『世の中の悪いこと』について。

それから、時々学校の外で会うと、話をするようになった。内容はまあ、大概の人にはどうでもいいようなショッキングな事件や残酷な物語についてだけど。

私の前で、森緒君は悪い顔をするようになった。それは、とても魅力的な顔だった。

　ところが今年に入って、森緒君と会うことがさっぱりなくなってしまった。クラスが変わったからだ。私は文系、森緒君は理系。教室は端と端で、授業が被ることもない。時折、姿を見かけることはあったけれど、彼はいつも爽やかでつまらない好青年だった。

　森緒君と偶然出会ったのは八月末、夏休みが終わるころ。またもや本屋でのことだった。どうしたことか、彼は私を見て露骨に嫌な顔をしたと思うと、そのまま歩いて行ってしまったのだ。

「待って、森緒君！」

　律儀な彼は、一応足を止めてくれる。

「最近全然会わないね。新刊も出たし、森緒君と話がしたかったの」

「僕は笹野さんに話なんてない」

　ぼそりと森緒君は言った。

「どうして。私、なんかしたっけ」

　彼は何か言いたげな表情をしながらも、口を閉じたままでいる。

「何か怒っているの。勝手に怒っていないで言ってくれたらいいのに」

「別に、笹野さんに怒っているわけじゃ」

「じゃあ、何に？」

「笹野さんの父親にだよ」

しつこく訊く私にうんざりしてなのか、元々腹が立っていたのか、森緒君は怒りを滲(にじ)ませた声で言った。

「私のお父さん？　もしかして、ＰＴＡでうちのお父さんが、森緒君のお母さんにセクハラ行為でもしたの？」

「のんきなもんだな、笹野さんは。自分の父親と僕の母が不倫をしているっていうのに」

呆(あき)れ顔(がお)で森緒君は言った。でも、わずかに悪い笑みが口の端に浮かんだのを私は見逃さなかった。

不倫。最近よくニュースで見るやつだ。流行(はや)りなのかと思えるほどに。

「私たちの親は、不実の恋をしている」

「綺麗に言ったところで、一緒だと思うけど」

怒っているくせに、彼は私の目を見ない。自分の母親と関係を持った憎い男の娘をわざと傷つけようとしたことに、罪悪感を持っているのかもしれない。しかし、私は親が不倫していることなんかで、傷つくような心の持ち主ではない。

「笹野さんの母親は気づいていないの？」

「多分。とくに変わったところがないし。うちは、もうずっと前から冷めきっているから、お父さんがどこで何をしていようが、気にもしていないのかも」

お母さんは料理教室だの、海外旅行だのといつも自分のことで忙しい。お父さんなんて、お金を運んでくるコウノトリさんみたいなものでしかないようだ。

「でも、不倫は困るんじゃない？」

森緒君に言われて、私は頭の中で考えてみた。お父さんと森緒君のお母さんとの赤ちゃんを、コウノトリさんが運んできたら困ってしまうなと。だって、私は弟妹なんて望んでいないし、赤ちゃんなんてもっとも苦手なものなんだから。

「困るね。あの二人、何を考えているんだろう。どうしてやろうか」

舌打ちした私に、森緒君は安堵したようだった。彼の中での私は、きっと悪いことが大好きな女の子なんだろう。実際そうなんだけど。

「じゃあさ、僕たちの力であいつらを別れさせよう。罪悪感に訴える方法がいいと思うんだ」

「罪悪感に訴える！　なかなか楽しそう」

「そう言ってくれると思った。笹野さんなら」

これは多分褒め言葉だと思う。少なくとも私は嬉しいから、褒め言葉として受け取っておくことにした。

そんなわけで、私たちは、あいつらを別れさせるために共犯者になった。

あいつらが関係を持っていることを森緒君が知ったのは、偶然ホテルから出てくるところを見たかららしい。

お父さんは学校の行事によく参加するから、全校生徒に顔を知られているのに、近場のホテルに行っているんだという。なんともお父さんらしいわきの甘さだ。

彼の調査によると、少なくともここ数か月の間は、ＰＴＡ会議があるたびに、二人は逢瀬(おうせ)を重ねていたらしい。学校を出たあと、最寄り駅までお父さんが歩き、森緒君のお母さんが車で拾ってから、二人仲良く近くにあるホテルへ向かうんだとか。

一応、ホテルでＰＴＡの会議をしている可能性も考えてみたけれど、二学期最初の会議のあとに帰ってきたお父さんに近づいたら、うちの家にはないシャンプーの匂いがした。

どうやらクロのようです、と私は森緒君に報告をした。最初からそう言っているよ、と彼から返信が来た。

森緒君の家でキスをした翌日、珍しくお父さんが私に話しかけてきた。

来たよ、森緒君。どうやら、早速、罠(わな)にかかったようです。

「夏菜子(かなこ)、最近学校はどうだ。今年のクラスは上手くいっているのか？」

普段ならこんな質問に答える気はないけれど、今日は面倒でも答えなくちゃいけない。

「クラスは普通。学校はまあまあ。友だちはできた」

「それは良かった。そういえば、お前、去年同じクラスだった森緒君と仲がいいらしいな」

「それなりに」

まだだ。餌にしっかり食らいついたのを確認するまでは待て、と森緒君から言われている。

「森緒君のお母さんがな」

「森緒君のお母さんと知り合いなの？」

私はあえて怪訝(けげん)な顔をし、お父さんの反応を見ることにした。

「ああ。ＰＴＡで一緒なんだ。昨日、夏菜子が家に遊びに来ていたと聞いてな」

「うん。勉強しに行った。森緒君、頭がいいから」

「そうらしいな。それで夏菜子は……」

「何」

「いやその、森緒君と親しいのか？　ほら、家に遊びに行くくらいだから、もしかして付き合っていたりするのかと思ってな」

無言で見つめると、お父さんは視線をさまよわせ始めた。

呆れるほどわかりやすい動揺の仕方だ。

「そうだったら、お父さんは都合が悪いの？」

お父さんは、急にテーブルに置きざりにしてあったスマホを手に取り、ポケットにしまいこんだ。どうやらスマホには、都合の悪いことがいろいろと隠されているらしい。

「お、お父さんは別に構わないけどな。でも適度な関係を心がけるんだぞ。まだ高校生なんだからな」

「適度な関係って、どのくらいならいいの」

「それは、責任の取れる範囲のな。そのな……うん」

お父さんは煮え切らない返事をする。

「残念ながら、まだ森緒君とはそんな関係じゃないの」

「そうかそうか。これからも出会いはたくさんあるだろうし、今は勉強をがんばりなさい」

ホッとしたのか、お父さんの引きつっていた笑顔が少しマシになった。

「ああ、そうだ。ちょっとお酒を買ってくるよ。もし、お母さんが早く帰ってきたら、そう言っておいてくれ」

お父さんは、そそくさと出ていった。お酒なら冷蔵庫にたくさんあるよとは、あえて言わなかった。いないほうが私にとっても都合がいいからだ。

電話を掛けると、森緒君はすぐに出た。

「今いい？」

『いいよ。あの人はコンビニに行くとか言って、出ていったから』

「さっきお父さんに森緒君と付き合っているのかって訊かれたの。だからまだそういう関係じゃないって言っておいた。そのあとすぐにお酒を買いに行くと言って出ていったから、多分森緒君のお母さんに連絡しに行ったんだと思う」

『ああ、それであの人も慌てて出ていったのか』

「お父さん、かなり動揺していたみたい」

『それにしても、思った以上に早く伝わったところを見ると、あいつらは日常的にやりとりしているみたいだね』

「お父さん、すぐにスマホをポケットに入れていたから、いつもスマホを使ってやりとりしているのかもね」

『そっちは僕が調べておくよ。それで、今週の水曜にPTAの会議があるんだけど、笹野さんはまた僕の家に来ることはできるかな』

森緒君はお母さんのPTAの予定表をこっそり写真に撮ったらしく、しっかりと会議の予定を把握している。

「うん。えっと、アレだよね」

アレについては事前に彼から説明を受けている。ちょっと口に出すのは憚られる行為だ。

『そう、まあフリだから気楽に』

男の子の部屋で、お父さんたちがしていることの真似事をするのだから、たとえフリだとしても気楽には無理だよ。森緒君。

つっこみたくなったけれど、「制服のままでいい？」と、私は冷静なフリをして答えた。

『どうせあの人は、僕がいないうちに部屋の中をゴソゴソ漁るだろうから、アレも買っておくけれど、フリだから心配しないで』

「一緒に買いに行こうか」

『いいよ。一人で買うから。じゃあ、水曜日に』

「うん、また」

電話が切れたあと、私は森緒君の言うアレがなんだったのか、一人で考えてみたものの、結局よくわからなかった。グロテスクなことなら任せてと言えるけれど、エロティックなことにはまるで疎いのだから仕方がない。

インターホンを鳴らすと、「はい」と、森緒君の声がスピーカーから聴こえてきた。

「笹野です。羽風君はいますか？」

「僕だよ。夏菜子、上がって」

森緒君の家は、来訪者とのやりとりが録画に残るようになっているらしい。私が来たことがわかるように残しておこうと言ったのは彼だ。名前で呼びあうのも、私たちの親しさをアピールするためだったりする。

家の中に入ると、森緒君はもう、制服から私服に着替えていた。彼に促されるまま二階へと上がっていく。フリとはいえ、これからすることを考えるとなんとも落ち着かない気分になってしまう。

「夏菜子。もしかして緊張しているの。そわそわしているみたいだけど。ここに座っていいよ」

森緒君は先にベッドに腰掛けると、隣をポンポンと叩いた。

「そうじゃないけど。手順を確認しておこうと思って」

「いいよ、そんなの。僕が適当にリードするから」

一応私にも心の準備ってものがあるんだよ、森緒君。ドキドキしていることを、悟られるわけにはいかないんだから。

「じゃあ、そうしてもらう」

どうってことないというふうに返事をして、私は隣に座ってみることにした。実際は、頭の中で心臓が鐘のように鳴り響いている。

「キスからね。少し練習しておかないと、それらしく見えないかもしれないし」

「それもそうだね」

二度目のほうが緊張するものなのかもしれない。緊張しているのを悟られるのが嫌で、私はさっさと目を瞑（つぶ）った。

森緒君は、前と同じように私の肩に手を添え、唇を軽く触れさせる。一度離してから、もう一度。今度はしっかりと。私も負けていてはいけないと思って、押しつけ返してみることにした。

しばらくそうしていると、「夏菜子、少しだけ口を開けて」と彼は言った。目を開けると、森緒君が切なげな目で私を見ていた。

口の中を見られることに戸惑いながらも、歯医者でするみたいに、私は控えめに口を開けてみた。

「違う。そうじゃないよ、夏菜子、ふざけているの」

「ふざけてなんか」

「キスをしたまま、少し唇の力を抜いてくれたらいいんだよ」

口を閉じると、森緒君はもう一度キスをした。それから、私の唇をこじ開けるようにして、中に入り込んできたのだ。驚いて押し返した私を見て、森緒君のほうがもっとびっくりしている。

「もしかして、夏菜子ってこういうことをするのは、初めてなの？」

「それがどうかした？」

ばれたなら開き直るに限る。

「いや、どうもしないけど、良かったのかなと思って」

彼はまた悪いことをしたなと、良心を痛めているんだろう。案外いいやつなのだ、森緒君は。

「私のこと、百戦錬磨のビッチだとでも思っていたの」

「そんなことは言っていないし、思ってもいないよ。ただこの前も、まるで動じていなかったから、慣れているんだなと思っていただけで。緊張して損したな」

森緒君は、ふうと大きなため息をついた。

「羽風君が緊張をしていたの」

「そりゃあね」

「もしかして、羽風君も初めてだったりする？」

「それって言わなきゃダメ？」

嫌そうな顔をするところを見ると、どうやら森緒君も初めてのようだ。その割に手慣れた感じに思えるから、もしかしたら一人で練習してみたのかもしれない。私みたいに。

実際にしてみるのと想像とでは、まったく違ったけれど。森緒君もそう感じているんだろうか。

「別に言わなくてもいいけど」

「まあいいや。続きをしよう」

もう一度森緒君はキスをした。また舌が入ってきたけれど、今度はびっくりせずに、なんとか対応できた気がする。

しばらくそうしていると、ずいぶん慣れてきて、頭の中がとろんとしてきた。もしかしたら、森緒君だってそうなのかもしれない。なんとなく、熱っぽい目をしている気がするから。

「そろそろ、あの人が帰ってくるかもしれないから、セーラー服を脱いでもらっていい？」

とろんとしていた私は、いきなり現実に引き戻された。

「私が、自分で脱ぐの？」

「脱がせて欲しいならそうするけど、この服ってどうなっているの」

ここにジッパーがあってなどと説明をすると、「ふーん、こんなふうになっているのか」と、森緒君は感心した様子だった。

それから裾にあるジッパーに指をかけ、ゆっくりと引き上げていく。私がスカーフを解き、万歳をすると、彼はセーラー服の裾を持って、上に引っ張りあげた。

脇腹に触れた彼の指がやけに冷たく感じて、私は身体（からだ）を竦（すく）めてしまった。

頭からセーラー服を脱がされてしまうと、なんとも心もとない気持ちになる。下着姿で男の子と見つめ合うというのは、こういう気恥ずかしさがあるのだと知った。

森緒君は着ていたTシャツを脱ぎ捨てると、私の肩を押してベッドに押し倒した。せっかくだから、森緒君の上半身をじっくり観察してやろうと思っていたのに、なぜか私は恥ずかしくなって目をそらしてしまった。

覆いかぶさるように森緒君はキスをする。肌と肌が触れあうと、もはや私の心臓は鐘どころか、銅鑼（どら）並みの音になっていた。

これはフリなんだから、ドキドキなんてしてはいけないんだと、頭を冷やそうと考えたとき、下の階から玄関が開く音が聞こえてきた。――森緒君のお母さんが帰ってきたんだ。

森緒君はそれが合図のように、私の背中に手をまわして、ブラジャーをはずそうとした。けれど、なかなかはずれなくてもどかしかったから、私は自分で背中に手をまわしてホックをはずしてしまうことにした。

「羽風、お客さんが来ているの？」

玄関に女物のローファーが置いてあるんだから想像はついているんだろうけど、森緒君のお母さんは、私が来ているかどうか探りを入れているんだろう。

お母さんが、階段を上る足音が近づいてくる。でも、森緒君は返事をしない。その代わりに私の肩から、ブラジャーの肩紐（かたひも）をはずして、そこにもキスを落とした。

「羽風、いないの？」

コンコンとドアを叩く音がして、半開きだったドアが大きく開かれた。お母さんの顔が森緒君の肩の向こうに見えた途端、バタンと勢いよくドアが閉まり、バタバタとお母さんは階段を駆け下りていった。

「成功かな」と言って、森緒君は私から離れた。私もサッと下着を直して、脱いだばかりのセーラー服を胸に抱える。

「うん。多分ね」

「あれ、夏菜子。もしかして泣いているの？」

どうして自分が泣いているのか、よくわからなかった。けれど、少しだけ森緒君に腹を立てていることは確かだ。

「ううん、目にゴミが入っただけ」

気持ちを悟られたくなくて、つい強がってしまった。

「そっか。服着なよ。後ろを向いているからさ」

森緒君は、いつもちょっとずれている。もう散々見ていたのに、着るときだけ後ろを向くなんて、何か意味があるんだろうか。

　それから一週間して、森緒君から連絡が来た。そして今、私たちはまたいつもの公園のベンチに隣り合って座っている。

「まず報告から。会長とあの人は今別れる相談をしている。ちょっとあの人がごねているけど、会長が説得しているみたいだよ」

「そういえば、森緒君のお父さんは、二人の関係に気づいていないの？」

「うちの父は仕事の関係で数か月に一度しか帰ってこないんだ。父が帰ってきていた八月中旬までは、夏休みでＰＴＡがなかったこともあったんだろうけど、母は良い妻を演じていたよ」

　森緒君と同じで、お母さんも二つの顔を持っているということなのかな。良い妻と悪い妻の顔。

「どうして、二人が別れようとしているとか、ごねているとかわかったの」

「僕のパソコンで、二人のやりとりを監視しているから」

　にやりと笑う森緒君の顔は、やっぱりすてきだ。

「とにかく協力してくれてありがとう。笹野さん」

「どういたしまして。うちの父が不埒(ふらち)な真似をして、すみません」

「あんまり想像したくないな、それは。ところで、笹野さん。元気がないみたいだけど、何かあったの？」

僕たちの仲じゃないかというように、優しく彼は言う。

「もしかして、笹野さんってこの間、やっぱり泣いていたんじゃない？」

そんなことないと言いたかったのに、私は黙ってしまった。これじゃ認めたも同然だ。

「ごめん、嫌なことをして。計画のためとはいえ、悪かったよ」

「それで泣いたんじゃないの。森緒君が私のことを好きでもないのに、あんなことをするからだよ」

「それって、笹野さんは僕のことを好きだってこと？」

それ以外に何があると言うんだろう。どこまでも鈍感な森緒君め。

「そうだったら、どうするの。別にそうだとは言っていないんだからね」

「いいよ、それなら仮定で話すから。僕さ、親の不倫相手の娘を好きになったりしちゃいけないと思っていたんだよ」

「まあ、それが普通」

「それにさ、笹野さんは僕のことなんて、少しも意識していなかったし」

どこがと思ったけれど、無表情でいるようにしていたのは確かだ。

「いつもポーカーフェイスの笹野さんだけど、たまに崩れるのが僕は好きなんだ。それを崩すのが僕だとなおさらいいと思っている」

「森緒君は、私のことが気になっているの？」

「かもしれないね。どちらにしてもこれは仮定の話だけど。それとも笹野さんは僕のことが本当に好きなのかな」

そんなのずるい。このままじゃ、森緒君が本音を言っているかどうか、わからないのに。

「私は、森緒君のことが……」

ああ、なんだかものすごく不本意だ。悔しい。

恥ずかしさと悔しさから涙が滲んでしまった目で、私は森緒君を睨(にら)みつけた。

「いいね、その顔を見ることができたから満足したよ。笹野さんがその気なら、これからも協力してくれないかな」

もう、何なの。満足したとか。森緒君め！

「何の協力？」

苛(いら)ついた声を出す私を見て、ますます森緒君は嬉しそうにしている。

「あいつらに罪悪感を与え続ける共犯者になってよ。幸せそうな僕と笹野さんを見るたびに、あいつらは自分たちの罪を思い出すんだ。どうかな」

共犯者。それってつまり私と付き合うということなんだろうか。……悪くない。

「普通じゃないけど、楽しいかもしれない。でもそれは、いつまで続けるの？」

森緒君の提案は、魅力的ではあったけれど、また期限付きだと嫌だなと思った。

「ずっとっていうのもありだよ。僕は結構笹野さんのことが好きだからね」

「ふーん。わかった。それならいい」

「じゃ、これからも僕らは共犯者ということで。これは契約を結んだ証」

森緒君は私の頰にキスをして、にやりと笑った。

彼は今までで一番悪い顔をしていた。多分、私もそうなんだと思う。

僕たちは恋をしない

「森緒君、解剖展のチケットをもらったんだけど」

「行くから心配しなくていいよ」

笹野さんが最後まで言い終わらないうちに、僕は返事をした。

県立図書館の地下にある休憩室は、とても静かだ。まもなく閉館時間だからか、僕たちのほかには、自動販売機が低い唸り声をあげているだけで、誰の姿もない。

「まだ日にちも言っていないのに」

笹野さんは、出鼻を挫かれたのが気に入らないのか、口をへの字に曲げた。きっと彼女のことだから、どう誘うかしっかり考えてきたんだろう。

「解剖展が十月末で終了するのも知っているんだよ。となると、来週か再来週の土日のどちらかでしょ。大丈夫。予定は空いているから。元々、僕も笹野さんのことを誘うつもりだったしね」

「私を？」

笹野さんは訝しげに僕を見て言う。

どうも笹野さんは、僕が本気で彼女のことを好きだと思っていない節があるようだ。

「笹野さん以外に誰がいるって言うんだろうね。仮にほかに誰かいたら、誘ってもいいの？」

涼しい笑みを浮かべて、僕は笹野さんに質問を投げかける。

「誘いたければ、誘えばいいと思うけど」

笹野さんは表情を変えないまま、気のない返事をする。そんなところがまたかわいいのだけど、言うと怒りそうだから、僕は心の中だけで思っておくことにした。

「笹野さんってね、嘘をつくときに耳を触るんだ」

彼女は無意識に触っていた耳たぶから、パッと手を離した。

「あ、笹野さんの一緒に行きたい相手は、僕で良かったのかな。イエスかノーで答えて」

彼女は黙り込み、プイッと横を向いた。どうやら答える気はないらしい。少しだけ待って、僕は勝手に解釈することにした。

「答えないというのも、一つの手段ではあるね。でも、人はだいたい、都合の悪い質問をされると黙り込むんだよ。それに笹野さんは、他人に自分の本心を晒すのが嫌いときている。ということは、おそらく僕を誘うつもりだったと推測できるよね。ありがとう。嬉しいよ。再来週の土曜日の一時にしよう。美術館の前で集合ということで」

にっこり笑うと、笹野さんは悔しいのか、納得がいかないというようにさらに口を曲げた。彼女は、自分の気持ちを悟られるのが、本当に嫌いなのだ。

「ところでさ、会長の様子はどう」

唐突な質問に思えたのか、笹野さんは小首を傾げた。

「お父さん？　最近は普段通りに見えるけど、うちのお父さんがまた何かしでかした？」

笹野さんの会長に対する評価は、この上なく低い。――が、それは、何も不倫をしたせいではないようだ。

「普段から家庭内での地位は、猫よりも低いの」と、以前彼女は言っていた。

ちなみに、笹野さんの家に猫はいない。架空の存在よりも地位が低いというのは、いささか哀れにも思えるけれど、さらに評価を下げたのは会長の自業自得だから、僕も同情はしない。

「会長がというか、あの人がね。困ったことになっているんだ」

「え、森緒君のお母さんのところに、もしかしてコウノトリさんが来ちゃったの？」

とてつもなく嫌そうに、彼女はしかめっ面をした。

「いや、それはないよ。そうなったら、大問題だ」

「良かった」

笹野さんが心配しているのは、会長と母の不倫が公になって、家族がバラバラになることではなく、自分に弟や妹ができることらしい。

公園のベンチで話をしていたとき、ベビーカーを押して散歩をする女性が近くを通ったら、彼女は恐ろしいものでも見たかのように、怯(おび)えた表情をした。

「赤ちゃんという生き物が、私には未知の生物に思えて、どうにも苦手なの。だって、何を考えているのか、さっぱりわからないでしょ」

「嫌いってこと？」

「違う。苦手なの」

笹野さんは、きっぱりと否定した。苦手ではあるけれど、嫌いではないらしい。

「苦手ね。よくわからないけど、とりあえずコウノトリは来ないから安心していいよ」

「それならいいんだけど」

「その話は置いておくとして。あの人、会長のことが忘れられないらしくてさ、同情を誘うようなことばかりしているみたいなんだ」

母は昔から、子どもみたいなところがあって、気を引きたいときに嘘をつくのだ。僕が子どものころなんて、父が外航貨物船の船長という仕事上、何か月も帰ってこられないとわかっているのに、帰ってきてもらいたくなるたびに、僕を重病人に仕立てた。母の話の中で、僕は何度も死にかけ、父が帰ってくるころに奇跡的な回復を遂げる。

最初は、母の話を真に受けて心を痛めていた父も、何度も繰り返される茶番に呆れはて、いまや母の話なんて一ミリも信じていない。それどころか、母への気持ちはすっかり冷めきってしまったように見える。

最近では、僕を重病人にするのは飽きたのか、母は自分の自殺をほのめかしたりしている。父が信じないことがわかっていても、母は嘘をつくことをやめられない。それ以外に父の気を引く方法を知らないからだ。

しかし、そんな母も会長と出会ったことで、すっかり父の存在が邪魔になったらしい。父に関する嘘を並べ立て、会長の気を引いているようだ。

「たとえば何をするの」

「今から死ぬと言って、高層ビルから撮影した写真を送ってみたり、薬瓶を並べた写真を送ってみたりするんだ」

「本当に大丈夫なの？　森緒君のお母さん」

笹野さんは、かわいそうなものでも見るような顔をする。

「大丈夫。あの人が本気で死のうとすることなんて、絶対にないから。ただ気を引きたいだけなんだ。高層ビルは、ただの展望台だし、薬はビタミン剤だよ」

「そうなんだ。でも、お父さんはそういうのに弱いの。誰かのヒーローになりたくて仕方がない人だから」

「そうみたいだね。俺のことをそんなに愛してくれているなんて、諦めようとして悪かった。これからは俺が君を守るとか言っていたよ」

笹野さんは、不機嫌そうな顔にさらに眉間の皺を増やすことで、会長への不快感を露わにした。

「どうして、うちのお父さんはそんなに愚かなのかしら」

「愚か度で言うなら、あの人も負けてはいないよ」

「ある意味、お似合いの人たちなのね」

ああ情けないというように、彼女はため息をつきながら肩を竦めた。

「それにしても、困っちゃうな。そんなに愛し合っているなんて、そろそろコウノトリさんが来ちゃうかもしれないよね」

笹野さんの話には、やたらとコウノトリが出てくる。彼女はどこで間違って覚えたのか、物理的に愛し合うことと、子どもができることがイコールになっていないのだ。

精神的な愛が深まると、コウノトリが赤ちゃんをどこからか連れてくるんだと、メルヘンの国の住人みたいに本気で思いこんでいるらしい。

「まだ大丈夫だと思うよ。しょせん不倫だしね。コウノトリも厳しめに見るんじゃないかな。僕らが早めに手を打たないといけないのは間違いないけれど」

「あ、そうだ。コウノトリさんが、私たちの赤ちゃんを連れてきたことにしちゃったらどうかな。前の比じゃなく、びっくりしてすぐに別れるんじゃないかと思うの」

いいことを思いついたというように、彼女はパンと胸の前で手を合わせた。

唐突にとんでもないことを言う人だ。僕と笹野さんは、キス以上のことをしていないというのに。

「あいつらもびっくりするかもしれないけど、万一騒がれたら、僕たち二人とも、学校を退学になるかもしれないよ」

「フリなのに?」

「フリだと証明するのは、なかなか難しい問題だよ。あいつらはフリだと思っていないわけだし」

「ねえ、森緒君。私、ずっと気になっていたんだけど、コウノトリさんは、どうやって恋愛成熟度を判断しているのかしら。一羽しかいないわけじゃないでしょ。それぞれのうんだけど」

コウノトリさんの主観に基づいて判断されているとしたら、不公平なんじゃないかと思

いったいどのタイミングで彼女の勘違いを正すべきか。僕にとって、これは悩ましい問題だ。

「コウノトリの世界にも、一応の基準はあるんじゃないかな。案外システマチックだったりして」

「一応の基準……」

笹野さんは真剣な顔をして、考え込んでいる様子だ。

「ねえ、森緒君。私、思うんだけど」

「今日は質問が多いね。僕の質問には答えてくれなかったのに」

また出鼻を挫かれて、ムスッとするかと思いきや、彼女は無表情を装いながらも、そわそわしているようだ。器用なことに、両足を使って何度も床の上にハートマークを描いている。なんてわかりやすいんだろうか、笹野さんは。

「心配しなくても、僕たちの恋愛成熟度は、まだ発展途上だから当分大丈夫だと思うよ」

彼女は、豆鉄砲を食らった鳩のように目をまんまるにした。

「私、そんなこと」

「違った？　どうやら僕の勘違いだったみたいだから、この話はやめよう」

「あっ、待って。せっかくだから」

せっかくの意味がわからないけれど、やっぱり考えていたんだろうな。

「私、考えていたの」

「だろうね」

「キスとかしないと、恋愛成熟度って上がらないのかなって」

「笹野さんの考えるとかって何」

彼女は知られたくない気持ちがあるときほど、ポーカーフェイスになっていく。いまやもう、能面のようだ。

「何って……、ほら前にあの二人を騙すためにしたような」

真顔なのに、わずかに頬が紅潮してきているところが、笹野さんのかわいいところだ。

「笹野さん、そういうことがしたいんだ。じゃあしよう」

「え？」

彼女は弾かれたパチンコ玉のように、素早くベンチの端までスライドした。

「今、ここで、何を？」

「そう、今ここでしようよ。どうせ誰もいないしさ。笹野さんのしたいキスとかをしても、ばれないよ。ほら、目を瞑って」

ずいっと彼女のほうに体をずらすと、笹野さんは蛇に睨まれた蛙のように固まった。目は見開かれたままで瞬きすらしない。

「目を閉じたくないの？　いいよ、僕も瞑らないでするから」

顔を傾けて、唇を触れさせようとしたとき、図書館の閉館を知らせる音楽が鳴り始め、自動販売機の横にある年季の入ったエレベーターの扉が開いた。

笹野さんは、瞬時に立ち上がり、僕と反対方向を向いて、他人のフリをした。

「残念、恋愛成熟度のランクアップならずだな」

僕も何食わぬ顔をして立ち上がり、出てきた男性と入れ替わりでエレベーターに乗ることにした。

「待って、森緒君」

笹野さんも、慌てて乗り込んでくる。

「置いていくなんてひどい」

「そういう笹野さんは、さっき知らない人のフリをしたよね」

「エレベーターに驚いてしまいまして」

笹野さんは僕に背を向けたまま、口の中でモゴモゴ言って、エレベーターの扉を閉めるボタンを押した。

「いいよ、じゃあこれでチャラにしよう」

「チャラ？」

ボタンを押し終え、振り向こうとした彼女の背中を、閉じたばかりの扉に押しつけ、キスをする。

図書館の古いエレベーターは、僕たちを繋げたまま、ゆっくりと上がっていった。

扉が開く寸前に塞いだ唇を離すと、彼女が茫然とした表情でつぶやいた。

「どうしよう。私にもコウノトリさんが来ちゃいそう」

多分ひとりごとだろうし、聞かなかったことにしておこう。

大丈夫だよ、笹野さん。キスしたくらいではコウノトリは来ないから。


翌日、一人で校門を出て帰ろうとしていた笹野さんのあとをつけ、後ろから肩を叩いた。

「笹野さん、一緒に帰ろうよ」

彼女は、ぎくしゃくおかしな動きをしながらこっちを向いた。どうやら、恋愛成熟度が上がりすぎたらしい。会ったばかりだというのに、すでに表情がない。

「そちらは森緒君ですか」

「コウノトリにでも見えた？　ほら昨日、大事な話が途中だったから、もう少し話がしたかったんだ」

「そういえば、そうだった。早くなんとかしないと、森緒君のお母さんのところに、コウノトリさんが来ちゃう」

「そうそう。だから、作戦会議をしようよ」

　僕たち二人の話じゃないとわかって安心したのか、笹野さんの表情が急に柔らかくなっていった。

「今日は秋晴れで爽やかだし、いつもの公園でいいよね」

　彼女の手を取って歩きだすと、笹野さんは繋がれた手を三度も見直した。

「それでさ、あの人が、死ぬ死ぬ詐欺を会長に対してしているというのは、昨日言ったよね」

　コクコクと頷き続ける笹野さんは、まるで壊れた腹話術人形みたいだ。仕方がないから、僕は手を繋ぐのを諦めることにした。

「あいつらは、すっかり悲劇の主人公になりきっているみたいなんだ」

「ロミオとジュリエットみたいに？」

「まあ、そんなところかな。だけど、うちのジュリエットは一味違うんだよ。父を殺してしまおうと思っているみたいなんだ」

「森緒君のお父さんって何をしている人なの」

「ああ、話したことなかったっけ。僕の父は、外航貨物船の船長なんだよ」

「船長さんって、本当にいるんだ」

「そりゃあ、船があるんだからね。多分、笹野さんの想像している船長とは違うだろうけど。父は船が出たら、しばらく帰ってこないんだ」

「じゃあ、船に乗っている間は、お母さんは不倫し放題なんだ」

「そういうことになるね。十一月まで父が海に出ているから、母も好き放題しているというわけ」

父について訊いてみたものの、船長にさほど興味が持てなかったんだろう。笹野さんは、「そうなんだ」と、気のない返事をした。

「それで、お母さんは、どうやって船長さんを殺すつもりなの」

もちろんこっちの話には、興味津々だ。目がギラギラしている。

「毒を盛ろうとしている気がするんだ」

「毒殺って、また物騒！」

言葉とは裏腹に、笹野さんの口元はにやけている。

「顔が笑っているよ。笹野さんのそういうところ、僕は嫌いじゃないけれど」

「農薬でも買ってきたの？」

「ううん。最初は、最近あの人が庭にばかりいるから、会長と別れて寂しいのを紛らわせるために、園芸に夢中なんだと思っていたんだ。でも、やたらと新しい鉢植えを買ってくるんだよ。それで庭に出てみたら、トリカブトがあった」

「トリカブト！」

身を乗り出して、笹野さんは続きを待っている。

「ほかには何を買っていたの」

「母の財布に入っていたレシートで確認しただけなんだけど、スズラン、キョウチクトウ。あとなんだったかな。スイセンとか」

「わあ、毒植物ばっかり！」

笹野さんは興奮して、拍手をしかねない勢いだ。

「その上さ、父の部屋を取り囲むようにヒガンバナを植えだして。かなり奇妙な光景だよ」

「森緒君も間違って食べないよう気をつけないとね。お母さんが、夕飯に混ぜちゃうかもしれないし」

くすっと笑いながら、笹野さんは恐ろしいことを言う。

「詳しそうだね。毒物とか。笹野さんが興味あるのは、血と骨だけなのかと思っていたよ」

少し前に笹野さんとこうやってベンチに座り、二人で本を読んでいたとき、僕はあやまって紙で指先を切ってしまった。彼女は、「大丈夫？」と言いながらも、うっとりした表情で僕の切れた指を見ていた。そのまま口に入れてしまいそうに思えるくらいに。

「確かに血や骨は好き。人と話しているときも、ついその人の骨や流れている血液のことを考えてしまうの」

裸体を想像するどころの騒ぎじゃない。丸裸にしてさらに皮まで剝いでいる。

「筋肉とかも好きなの？」

「そこにはあまり興味が持てない」

きっぱりと彼女は否定した。僕にはどう違うのかよくわからなかったけれど、彼女にとっての骨や血と、筋肉はまったくの別物なんだろう。

「でも、毒は好きなんだ」

こくりと笹野さんは頷く。毒物に惹かれる気持ちは、僕にもわからなくはない。

「毒はロマンだと思うの」

笹野さんは胸の前で手を組み、キラキラ目を輝かせている。

「ロマンに人は殺されるわけだ。たとえば僕の父とか。笹野さんもロマンを使いたくなるの？」

「ならない。持っていることがロマンなの。使うことには興味はないから」

ちかぢか僕が毒殺される心配はなさそうだ。良かった良かった。でも、何を持っているのかは、のちのちのためにも訊いておきたいところだな。

「だけど、そんなにたくさん買い込んだら、本当に殺したときに、すぐに疑いがかかりそう。森緒君のお母さんは、それでいいのかな」

どうやら彼女は、真剣に母の心配をしてくれているらしい。事件を起こしたあとの心配だけど。

「できれば、殺さない方向に持っていきたいんだけどな」

少しだけ、彼女は残念そうな顔をした。

「森緒君のお母さんは、買った毒植物をどうやって使うつもりなのかな」

「それなんだよ。笹野さんだったら、どう使う？　さっさと殺したいなら、トリカブトとかを使うんだろうけど、それじゃあすぐに捕まって終わりだろうしな。いくらあの人が考えなしだといっても、そこまでわかりやすい方法では殺さないと思うんだよね」

彼女は、うちの庭に置かれた毒植物の使いみちについて、頭を捻(ひね)っているようだ。

「森緒君のお母さんが買った毒植物の中だったら、スズランが一番使いやすそう」

「どうして」

「スズランってね、花粉や活(い)けた水にさえ毒性があるの。花が小さいから、コップに活けて、テーブルに飾っておいたら、料理に花粉が落ちちゃったとか、飲み水のコップと間違えて飲んでしまったってことにもできなくはないでしょ」

「なるほど。これから僕は、出しっぱなしの水は飲まないことにしよう。ほかにも僕の気づいていない毒植物があるかもしれないし、笹野さんが今日暇だったら、僕の家に来て、どれが毒植物なのか見てくれないかな」

　恋愛成熟度の上がった笹野さんは、家という僕のテリトリーを示す言葉に、即無表情になった。はたしてこの顔は、良いのか悪いのかどっちなんだろうか。無理強いはしたくないんだけど。

　しかし考えあぐねるまでもなく、すぐに解決した。笹野さんがまた、足でハートマークを描き始めたからだ。

「よし、笹野さんが行きたいならすぐに行こう。毒植物とオプション付きで」

「行きたいなんて」

「足が言っていたよ。僕の家に行きたいってね」

「足？」

　彼女は自分の足を見て、首を傾げていた。

　家に着いた僕たちは室内に入る前に、庭を見ることにした。笹野さんは、ゆっくりと庭を見て回ってから、嬉しそうに言った。

「ねえ、森緒君。この庭、毒だらけなんだけど」

「毒だらけ？」

確かに毒植物は買っていたけれど、以前から植わっているものもたくさんあるのに。

「元々、お母さんって、毒のある植物が好きなんじゃないかな。綺麗な植物も多いから」

母が毒植物を好きだなんて話は、今まで聞いたことがなかった。

「そうなのかな。それなら父に使おうと思っているわけではないのか……」

僕の思い過ごしなんだろうか。さすがの母も、父を殺すなんてことまでは、考えないのかもしれない。

「どうかな。元々あるんだから、新しく買ったって、とくに不審に思われないだろうし」

確かに。そういう考え方もできるのか。

「これを見て」

笹野さんは、真っ赤な炎が揺らめいているような形をした花を指さした。僕の顔くらい高い位置に花が咲いている。

「なんていう花なの?」

「グロリオサ」

聞いたことのない名前だ。

「去年はなかった気がするから、新しく植えたのかもしれない」

「グロリオサはユリ科の植物で、球根にコルヒチンを多く含むの。コルヒチンはアルカロイドの一種で、多量摂取すると死ぬこともある」

やっぱり相当笹野さんは、毒植物に詳しいようだ。

「コルヒチンはわかるよ。薬にもなるやつだよね。でも、こんな派手な花の球根を食べようと思うものかな」

僕も笹野さんの隣に立ち、グロリオサを観察する。毒があると聞いてから見ると、なんとも毒々しい色合いに見えてしまうけれど、普通に見れば熱帯地域に咲いていそうな美しい花に見えるのかもしれない。

「もう一つ気になるのがあるの」

笹野さんは立ち上がると、少し離れた位置で、ほかの木に蔓を絡ませている植物に近寄り、ハート形の葉っぱをそっと触った。茎のところどころに、小さな茶色の丸い実をつけている。

「ああ、これさ、昔、いきなり生えてきたんだ。ヤマイモだって、あの人は言っていたけれど、本当？」

その通りだと、彼女は頷いた。

「でも、毒はないはずだよ。これ、昔食べたことがあるから。むかごっていうんだよね？　それとも芋の部分には毒があるの？」

僕はむかごを取り、笹野さんの手のひらに置いた。ころんとしたそれを、彼女は手のひらで転がしている。

「ううん、ヤマイモには毒はないの。でも、グロリオサにはある。誤食する事故が最近もあったはず」

「収穫するときに、間違えるってこと？　でも、グロリオサには、こんなに派手な花が咲いているのに、間違えようがない気がするんだけど」

地上に出ている部分を見る限り、二つの植物はまったく別物に見える。

「掘ってみたらわかるけど、グロリオサの球根とヤマイモの地下茎、つまり芋の部分はとてもよく似ているの。混ざっちゃったらわからないかも」

「じゃあ、あの人は一緒くたに収穫して、食べさせてしまおうと思っているってことか」

「多分ね。それから、アコニチンという毒を持つトリカブトによく似ているのが、こっちのニリンソウ。若葉は食べることができるの。春には白くかわいらしい花が咲いていたんじゃないかと思う」

笹野さんは大きな木の下に移動し、庭の一部に群生している草の前でしゃがみこんだ。ヨモギのようなギザギザした葉っぱが特徴的な草だ。笹野さんの言うように、春になると、毎年素朴な花を咲かせている。

確かに、鉢に入ったトリカブトの葉と見比べてみると、とてもよく似ている。紛れてしまったら、わからなくなってしまいそうだ。

「食べることができるということは、これには毒はないんだよね」

「アク程度の毒ならあるけど、茹(ゆ)でれば大丈夫みたい」

僕はトリカブトの鉢の前にしゃがんで、濃い紫色の花をよく見てみることにした。

「綺麗な花だけど、兜(かぶと)がたくさん並んでいるみたいで面白いでしょ」

「本当だ。でも綺麗っていうか、怖い感じがするな」

「そう？　私は好きだけど」

だろうね、と僕は心の中で思った。

「そうなると、花の咲いていない時期は、トリカブトとニリンソウも見分けがつかなくなるってことか」

笹野さんは、大きく頷いた。

「山では一緒に混じって生えているみたい。葉をしっかり確認してから採らないと、トリカブトのお浸しやてんぷらを食べちゃうかもね」

フフッと軽やかに、笹野さんは笑う。

「山菜料理には、手をつけないようにするよ」

母が庭いじりを好きなのは知っていたけれど、よくもまあ、こんなに危険な植物ばかり集めたものだ。ずっと昔から、父を殺したいと思っていたんだろうか。

「こっちには、よくニラなんかと誤食されるスイセンとか、トリカブトよりも人を殺しているイヌサフランもある。で、ほら向こうのミニ畑コーナーには、似ていると言われるニラや行者にんにくが植えられているでしょ。森緒君のお母さんは、植物を育てるのが好きなのね。うちのお母さんなんて、なんでも枯らしてしまうのに」

笹野さんのお母さんを、まだ僕は見たことがない。彼女の話では、食事は作りおきしてあって、夕方や夜になると毎日のように出かけてしまうらしい。

「笹野さんって、植物全般に詳しいの？」

「ううん、有毒植物が好きなだけ。子どものころから図鑑をしつこく読んでいたから、だいたい覚えちゃった」

「そうなんだ。それにしても、これだけ紛らわしい植物を植えていることを考えると、あの人は本気みたいだな。父が帰ってくる十一月までには、なんとか手を打たないと。除草剤でも買ってきて、全部に撒(ま)くしかないかな」

「この子たち、全部殺しちゃうんだ」

残念そうに毒植物を見て、笹野さんは言う。

「もしくは、父を見殺しにするという選択肢もあるけど、人が死ぬよりは、植物が全滅するほうがいいかな」

「私もそう思うんだけど。トリカブトちゃんが……」

どうやら笹野さんは、毒植物に未練がたっぷりのようだ。

「じゃあ、撒く前にトリカブトは笹野さんにあげるよ。喉が渇いたし、そろそろ家の中に入ろうか」

そう言って笹野さんの背中を押したとき、玄関のほうから母の声がした。誰かと喋っているらしい。

「森緒君のお母さん、帰ってきたみたいだね」

「しっ」

聞き耳を立てても、何を話しているかまでは聞こえてこない。

「(でも、森緒君のお母さんと一緒に話をしている声が、私のお父さんの声に聞こえるんだけど)」

笹野さんはヒソヒソと耳元で話をする。

「(え、会長なの)」

「(多分)」

「(笹野さん。今は鉢合わせすると困るから、とりあえずそこに隠れよう)」

玄関とは反対側に庭があるから、庭いじりをしない限りは、母がこっちに来ることはない。

僕は笹野さんの手を引き、掃き出し窓のすぐ脇にあるウッドデッキに上がった。壁に背をつけて座れば、リビングからは死角になるはずだ。今はカーテンが閉まっているから、中の様子は見えない。

「(自宅に不倫相手を呼ぶなんて、正気だと思えないよ。何を考えているんだか)」

「(大胆なロミオとジュリエットは、ここで何をするつもりなのかな)」

笹野さんも僕に合わせて小声で話してはいるものの、のんびりした様子だ。メルヘン国の住人である笹野さんのことだから、会長がお茶でも飲みに来たと思っているに違いない。

「(母は帰ってくると、いつも窓を開けるから、リビングの会話なら聞こえてくるはずだよ)」

さすがに自宅で行為に及ぶとは思いたくないけれど、最近の母の行動を見ていると、心配なところではある。二人が絡んでいるところは見たくないし、変な雰囲気になったら、上手く庭から外に出ないとな。

シャッという音とともにカーテンが開いた。壁に張りついている僕らのすぐ横で、母は掃き出し窓を開け、遠ざかっていった。

にゃあお。

ホッとしたのもつかの間、きなこの鳴き声がすぐ近くで聞こえてきた。匂いで僕がここにいるのをわかっているのかもしれない。

笹野さんが心配そうに僕に視線を送ってきたから、僕は静かにと指を唇に当てた。

「きなこ、どうしたの？ 鳥でもいるのかしら」

母の言葉にドキッとさせられる。

だけど、きなこが庭を見ているのなんて、いつものことだから、母もわざわざ覗いたりはしないはずだ。それに、たとえ僕らがここにいるのがバレたところで、気まずいのは向こうであって僕らじゃない。

「どうしたんだい。急に家に来て欲しいなんて」

この声は確かに会長の声だ。やっぱり母が呼んだのか。母の浅はかな行動に、僕は思わずため息を漏らした。

「座って。二人のことで大事な相談があるの」

「それなら、外のほうが」

「大丈夫。あの人は、まだ海の上にいるから。急に帰ってくることなんて、これまで一度もなかったもの」

それは本当のことだけど、母は万が一ということを考えるつもりもないらしい。

「わかったよ」

会長が座ったんだろう。椅子を引く音がした。

「お茶を淹れるわ」

「いや、いいよ。それよりも早く話を」

落ち着かないのか、会長はそわそわした声で話す。

「そんなに心配？　何があっても、ずっと一緒にいてくれると言ったのは、嘘だったのかしら」

母はからかうように笑いながら言う。

「そういうわけじゃないよ。ただ、羽風君もそろそろ帰ってくるかもしれないし、鉢合わせしたら、君が困るんじゃないかと思ってね」

「羽風は、今日は遅くなるって言っていたから大丈夫よ」

「それならいいんだが……」

笹野さんが僕をチラリと見た。

「(遅くなるって言っておけば、あの人が出かけると思ったんだ)」

僕は彼女の耳に口を寄せて言った。笹野さんはそれがくすぐったかったのか、耳をさすっている。

「羽風がね、私たちのことに気づいている気がするの」

僕と笹野さんは、顔を見合わせた。

「まさか！　羽風君とうちの夏菜子が付き合っているみたいだと言ったのは、君じゃないか。だいたい俺たちのことに気づいているのなら、憎みあうならともかく、付き合うとは思えないけどなあ」

それが普通の反応だろうけど、親が親なら子も子だと言うじゃないか。おかしいのはお互いさまだ。

「羽風は、とても頭が切れる子なの。だから、よく考えてみたら、うちに夏菜子ちゃんを連れてきて私に見せつけたのは、わざとだったんじゃないかと思えてきて」

「じゃあ、夏菜子は羽風君に騙されているということかい？」

会長の声が、わずかに硬くなったように思えた。不倫中とはいえ、娘のことは大事に思っているらしい。

「それは私にはわからないけれど、羽風が知っているとしたら、夏菜子ちゃんももう知っているんじゃないかしら。よく二人で会っているみたいだし」

「そんな……」

明らかに狼狽(うろた)えた様子で、会長は黙り込んでしまう。

母なんかに捕まったせいで、この人も哀れなものだ。母は蛇のようにねちっこい性格をしているから、簡単に逃がしてはくれない。もしかしたら、会長は逃げ出したくても逃げ出せないいだけで、もううんざりしているのかもしれないな。

「私たちの関係を続けるためには、二人が邪魔だと思うの」

なかなか過激なことを言いだしたな。夫を殺すだけでなく、不倫相手の伴侶まで殺すつもりなのか。

横目で笹野さんを見ると、何そのワクワク展開はというように、期待に満ちた顔をしていた。それでこそ、笹野さんだ。

「(ここで止めるよりも、どういう計画なのか知ったほうがいいよね)」

笹野さんは頷いてから、ポケットに入っていたスマホを取り出した。録音アプリを開き、開始ボタンを押すまでの彼女の動きはとても素早い。もしかすると、頻繁にこうやって会話を録音しているのかもしれない。僕も言葉に気をつけないとな。

「邪魔って、まさか」

殺人の相談をされるとは思わなかったんだろう。会長の声はうわずってしまっている。

「ええ、そうよ。あの子たちをなんとかしないと」

ドクンと心臓が跳ねた。あの子たちって――まさか笹野さんと僕のことなのか。母がとんでもないことを考える人だとはわかっていたつもりだったけれど、ここまでとは。

「まさか、君は子どもたちを殺そうと言っているのかい。俺はてっきり」

会長も僕と同じように考えていたのか、声に明らかな動揺が見られた。

「てっきり何かしら」

母の調子はいつもと変わらない。悪いことをしているという意識もないのかもしれない。

「君のご主人と、俺の妻を殺すという話かと……」

会長の声は弱々しく怯えた様子だ。逃げ腰なのが伝わってくる。

「（お父さんって、都合が悪くなるとすぐに逃げようとするタイプなの。うちのお母さんを殺すなんて、絶対に無理だと思う。あの人、とっても怖いから）」

笹野さんは白けた顔をして言うけれど、会長が逃げ腰になるのも仕方がないと思う。悲劇のヒロインから、殺しの相談をされるなんて、思ってもみなかっただろうし。

「奥さまのことなら、殺してもいいと思っているのね。笹野さんがそのつもりなら、それでもいいわ」

「もちろん君のことは愛しているけれど、何も殺さなくてもいいんじゃないかな」

「（どういう顔をして、うちのお父さんはああいうセリフを吐いているんだろう）」

笹野さんは、小さく舌打ちをして、鼻の付け根に皺を寄せた。

「そうかしら。二人が私たちのことを世間にばらしたら、もう二度と会えなくなってしまうわ。笹野さんはそれでいいのね。それなら、もう私、……死ぬことにします」

絶望感を出して母は言う。これはきっと演技だ。あの人はよくそういうことをするから。

「（ジュリエットお得意の手だよ。さすがに会長も引っかからないんじゃない？）」

「（どうかな。うちのロミオちょろいから）」

「（こんなわざとらしい駆け引きに、引っかかるやつなんていないよ）」

「死ぬなんて言わないでくれ！　俺がなんとかするから」

僕が半笑いで言ったそばから、会長が悲痛な声を出した。

「（嘘だろ……。なんとかするってどうするつもりなんだ）」

「（そういう人なの。できもしないくせに、勢いで言っちゃうタイプ）」

「本当に？　嬉しい。でも、笹野さんの言う通りかもしれないわね。家族を殺すなんてむごいことができるわけないもの」

「そうだよ！　なんとか、ずっと二人でいられる方法を考えよう」

「（今、絶対にホッとしていると思うの。お父さん）」

「（そうだろうね）」

「そうね。ずっと一緒にいられるほうがいいわよね。ね、お茶でも飲まない？　手作りのハーブティーなの。きっと笹野さんも気に入るわ。鎮静作用があるのよ」

「そうだね。少し落ち着いたほうがいい。俺も君も」

会長の声から、緊張感が薄れた。なんて単純なんだ。

母がお茶の準備をしているのか、二人の会話は止まったままだ。

「（完全にこのまま逃げ切れると思っているよね、会長。あの人、そんなに甘くないよ）」

「（でも、どうするつもりなんだろう。森緒君のお母さんが、お父さんなんかの説得で、考えを変えるとは思えないんだけど）」

小首を傾げて、笹野さんは言う。

「（元々、あの人は本気で殺すつもりはなかったんだと思う。いつもと同じで、会長のことを試しているだけなんだよ）」

やっぱり母はオオカミ少年なんだ。本当にどうしようもない人だ。

笹野さんは返事をせずに、じっと庭を見つめている。

「（笹野さん、僕の話を聞いている？）」

「（ねえ、森緒君。庭にスズランがないの。確かレシートには、スズランがあったって言っていたよね）」

「（ああ、うん。きっとどこかにあるよ。そこら辺のプランターの陰にでもあるんじゃないかな）」

笹野さんは毒植物に夢中なのか、目を細め、庭に植わっている植物をくまなくチェックしているようだ。

「（やっぱり見当たらない。ねえ、森緒君。あの二人が死んじゃうのと、コウノトリさんが来ちゃうのだったら、どっちがマシだろう）」

また来た。コウノトリだ。本当にそろそろ真実を話したほうがいいんじゃないだろうか。でも伝え方が難しいな。笹野さんはメルヘン国の住人だから、本当のことを言ったら卒倒してしまうかもしれない。

「(二人が死ぬよりは、コウノトリが来るほうが僕はずっといいよ)」

「(じゃあもし、コウノトリさんが来たら、森緒君の弟か妹ってことにしていい？　私は本当に赤ちゃんが苦手だから)」

「(わかった。それでいいよ)」

僕はクスッと笑いながら答えた。

「少しにがみがあるけれど、すぐに慣れるわ」

ハーブティーが入ったらしい。カランと氷の音がしたから、アイスティーのようだ。

「健康的なものは、まずいものが多いね。青汁とかも苦手なんだが、飲めるだろうか」

会長はハーブティーなんて飲みたくないんだろう。飲めなかったときの保険を掛けようとしている。

「ストローで一気に飲んでしまえば、そんなににがみは感じないと思うわ。私も飲むから、一緒に飲みましょう」

「(これ、借りるね)」

笹野さんはそう言って素早く立ち上がったと思うと、ウッドデッキの上に置きっぱなしになっていた大きなシャベルを握った。そして野球のバットのように構え、窓ガラス目がけて思いっきり振り切った。

「そのお茶、毒入りだから飲んじゃダメー！」

そうか。そうだったのか。スズランは室内にあったんだ。

シャベルがぶつかって、窓ガラスに大きくひびが入った。防犯ガラスじゃなかったら、笹野さんはガラスを浴びていただろう。

もうひと振りしようとした彼女を後ろから抱き止めた僕は、ひびの入った窓ガラスの向こうにいるあいつらと目を合わせた。

「待って、窓は開いているから」

驚いて口をあんぐり開けた会長は、手に持っていたグラスを瞬時にテーブルに戻した。

その横で、母は僕の顔を見てにっこりと微笑(ほほえ)み、ストローに口をつける。

「やめて！　母さん。飲まないで！」

僕の声で我に返ったのか、会長が母のグラスを手で払いのけた。ガシャンと音がして、グラスは毒のハーブティーを撒きちらしながら砕け散った。

掃き出し窓を開け、僕は部屋の中に飛び込んだ。

「母さん、すぐに救急車を呼ぶから！」

動揺して上手くスマホの操作ができない僕の後ろで、笹野さんが冷静に番号を教えてくれる。

「大丈夫よ。ただのハーブティーだもの。救急車なんて呼んだら、怒られちゃうわ」

「でも、スズランが」

笹野さんが言うと、母はテレビボードの端を指さした。

「スズランなら、ちゃんとあそこにあるわよ」

テレビボードの上には、スズランの小さな鉢植えが置かれていた。

「羽風、ダメよ。お母さんのスマホを勝手に盗み見たり、レシートを盗んだりしたら」

嘘だ。全部気づいていたなんて。

「羽風は賢いから、きっとお母さんがしようとしていることに興味を持ってくれると思ったの。笹野さんから、夏菜子ちゃんが昔から毒植物の図鑑を見るのが好きだって聞いていたし」

「窓ガラスを割ってしまって、ごめんなさい。お父さんが弁償します」

「夏菜子ちゃんも、面白い子で嬉しいわ。ガラスくらい大したことないからいいのよ」

目を細め、フフッと嬉しそうに母は笑う。

「最初から、誰も殺す気なんてなかったんだね。どうして母さんはいつもそうなんだよ。みんなを振り回して」

僕たちを振り回して喜んでいる母に対して、猛烈に腹が立ってくる。

「羽風が最近お母さんに冷たいから、ちょっと意地悪したくなっちゃったの。笹野さんの気持ちも確認したかったし」

母はチラリと会長を横目で見る。

「もしかして、僕たちが庭にいたのも気づいていたの？」

「ええ。きなこが甘えた声で鳴くのは、羽風だけだもの。すぐにわかったわ」

クスッと母は笑いながら言う。

「僕が母さんの思惑通りに動いていたのが、そんなに嬉しい？　僕は、会長とのことだって、母さんが本気で好きになったんだったら、仕方がないと思っていたのに。こんなことして、上手くいくはずもないだろ」

腹の底から湧きあがってくる怒りを堪える（こら）ために、僕は強く拳を握りしめた。

「……いったいどういうことなんだい。それに、どうして夏菜子がここにいるんだ」

一人置いてきぼりにされ、茫然としていた会長が、笹野さんを見て訊いた。

「お父さんこそ、どうしてここにいるのかなんて、私に訊ける立場なの？　私に何か言うなら、全部お母さんに言うからね」

「それは……」

気まずそうな顔をして、会長は下を向いてしまう。

不倫相手に愛を囁い（ささや）ているところまで聞かれていたんだから、言いわけのしようもないだろう。

「二人とも、もう別れて！」

急に僕の手を握ったかと思うと、笹野さんが僕の横に立って大きな声を出した。

「私の大切な森緒君をこれ以上傷つけるなら、私が二人とも毒殺しちゃうんだから！」

「何それ……、持っているだけだって言ったのに」

笹野さんが、あまりに突拍子もないことを言うから、笑った拍子に我慢していた涙が零れてしまった。

「わかりにくいかもしれないけれど、森緒君はお母さんのことをずっと心配しているんです。さっきだって、お母さんが人を殺しちゃうんじゃないかって、本気で心配していたし。死んじゃうくらいなら、二人が愛し合っていてもいいって言っていたんですよ。十分でしょう。森緒君は、お母さんのことをちゃんと愛しているんだから。もう、こんなふうに試したりしないでください！」

笹野さんに怒られた母は、目をぱちくりさせている。

違うよ、笹野さん。あの人は僕の気を引きたくてやっているんじゃない。会長を引き留めておきたいだけなんだよ。

「夏菜子、羽風君。傷つけてすまなかった。もうこれ以上は続けるべきじゃないって、今更ながらにわかったよ。本当にすまなかった」

顔を上げると、会長が僕と笹野さんに深く頭を下げていた。笹野さんの言葉が届いたのは、会長のほうにだったらしい。

「そうね。残念だけど、もう潮時なのかもしれないわね。別れましょう。笹野さん」

母があっさりそう言うと、会長は少し驚いた様子だったけれど、すぐに神妙な顔に戻り頷いた。


「本当に、あんなにあっさり別れて良かったの？」

笹野さんが会長を連れて帰ったあと、僕は母に話しかけた。

「羽風は変な子ね。別れて欲しかったんじゃないの？」

「そうだけど……」

「夏菜子ちゃんは、とても頭のいい子ね。お母さん、びっくりしちゃった。すっかり心の中を読まれちゃったんだもの。羽風が好きになるのもわかるわ」

心の中を読まれた？　じゃあ、笹野さんの言っていたことは、当たっていたってことなのか。まさかな……。

「本当に僕の気持ちを試すために、不倫なんてしたわけじゃないでしょ。会長を振り回したかっただけのくせに」

冗談っぽく言った僕の顔を見ても、母は笑わない。

「そんなことないわ。お母さん嬉しかった。羽風がお母さんのことを、まだ愛してくれているることがわかって」

嬉しそうに微笑む母に、背筋がゾクリとした。帰ってきた父に、愛情を確かめるときの言い方にそっくりだったからだ。

「夏菜子ちゃんは、羽風のことを大切に想ってくれているみたいね。羽風は、夏菜子ちゃんのことが本気で好きなのかしら。だとしたら、笹野さんとも別れてしまったし、お母さん、ますます寂しくなっちゃうわね」

僕はどうやら間違えたらしい。僕と笹野さんのためには、母と会長を別れさせるべきではなかったのだ。

「もう、僕の気持ちなんてわかっただろ。親子なんだから、母さんのことは大切に想っているよ」

「そうねえ。羽風がお母さんのことを本当に一番に思ってくれるのならいいのよ。そうじゃないと、やっぱり寂しくなってしまうかもしれないわ。とはいえ、気をつけなきゃいけないわね。次に羽風を傷つけたら、お母さんは夏菜子ちゃんに毒殺されちゃうんだもの」

クスクスと母は少女のように笑う。

僕はじっとりと背中に嫌な汗を掻いていた。

母は僕の気持ちを探ろうとしている。僕の本当の気持ちは、絶対に気づかれてはいけない。

「心配しなくても大丈夫だよ。僕たちはゲームをしているんだ。絶対に恋をしないというゲームをね。だから、僕も笹野さんも、本気じゃないんだ」

僕は母を見つめながら、クールに笑って言った。内心はひどく緊張していたけれど、それを悟られないようにして。

「そう。それなら安心ね。夏菜子ちゃんも本当にそうだといいんだけど」

母も、にっこりと微笑みながら言った。

夜、僕は笹野さんに電話をした。

「起こしちゃったかな」

『ううん。まだ寝ていなかったから。森緒君がどうしているか、気になっていたの。あと、お母さんも』

あの人は今ごろ、どうやって僕から笹野さんを取り上げようか、考えているんだと思うよ、とは言わないことにした。笹野さんのことだから、母の本音を知れば、きっと今日みたいに僕を守ろうとする。でも、笹野さんが本気だと知れば知るほど、母は僕たちを引き離すために、とんでもないことをしようとするに違いない。

「母は大丈夫そうだったよ。僕は、今コウノトリのことを考えていたんだ」

電話の向こうで、ゴトンという大きな音がした。

「笹野さん、どうしたの」

『あ、ちょっと。スマホを落としちゃっただけ。それより、コウノトリさんがどうしたの？』

彼女は電話の向こうで、また表情を失くしているんだろう。

「もう、母と会長のところにコウノトリが来る心配はなくなったなと思ってね」

『ああ、そういうこと。うん、良かった！』

「それで、僕らの恋愛成熟度はどうなったかな。笹野さんはどう思う？」

『私は……』

笹野さんは答えない。彼女は気持ちを悟られるのが苦手だから。でも、いいんだ。言葉なんかなくても。笹野さんは、十分わかりやすいんだから。

「僕はね、もう少しくらい上がってもいいんじゃないかと思っているんだ」

相変わらず黙り込んでいた笹野さんが、『え、嘘』と声をあげた。

「嘘じゃないよ。それとも、笹野さんは嘘のほうがいいの？」

『そうじゃなくて。今、窓の外にコウノトリさんがいて、私のほうを見て、すぐに飛び立ったの！』

「まさか。そんなのいるはずがないよ。シラサギじゃないのかな。何年か前に、住宅地の近くに巣を作ってしまっていて、住民たちが困っているというニュースを見たことがあるよ」

「そんなことない！　あれは絶対にコウノトリさんだったんだから。どうしよう……。本当に来ちゃうなんて」

窓の外でガサガサと物音がした。草を踏んづけて歩くような足音だ。

まさかなと思いながらカーテンを開けた僕は、窓の外に見えた光景に凍りついた。

僕たちは恋ができない

「笹野さん。久しぶりに練習しない？」

「何の練習？」

何のなんて訊いた割に、公園に着いてからソワソワし続けている笹野さんの足は、地面にくっきりとハートを描いてしまっている。実に雄弁な足だ。

「笹野さんの言う、とかのだよ。あまりしないと忘れちゃいそうだからさ。ちゃんと覚えておきたいんだ。ほらそれに、笹野さんの足だって練習をしたいと言っているし」

笹野さんの足は、いったん動きを止めたと思うと、黒板消しのように動きだして、あっという間にハートマークを消してしまった。とてつもなく素早い動きだ。

「ダメダメダメ。練習なんてしたら、またコウノトリさんが来ちゃうから」

笹野さんはもげそうなほど左右に首を振った。練習はしたいけど、コウノトリが来るのは怖いらしい。

母と会長が別れた日の夜、笹野さんがコウノトリを見たのは事実だった。翌日のニュースや新聞に、住宅地に飛来したコウノトリの姿が出ていたから間違いない。

「大丈夫だよ。前も言ったと思うけど、キスしたくらいじゃ恋愛成熟度は上がらないから、コウノトリは来ないんだよ」

「でも、もしかしたら私たちをマークしているコウノトリさんの判定基準はとても厳しいかもしれないでしょ」

彼女は、怯えた様子で言う。

笹野さんは、男女の精神的な愛が深まると、コウノトリが赤ちゃんを運んできてしまうと、本気で信じているのだ。あの夜、コウノトリを見てしまったせいで、僕らがコウノトリたちにマークされていると思いこんでしまっている。

以前僕が、コウノトリの世界も案外システマチックなんじゃないかと言ってしまったのもまずかった。そのせいで、いまや笹野さんの頭の中では、恋愛成熟度という意味不明な指標を元に、全世界にいるコウノトリが赤ちゃんを運んでくるという、メルヘンと

SFが合体したような謎の制度ができあがってしまっている。

「ああ、なるほど。それで最近僕に会おうとしてくれなかったんだ。一昨日(おととい)の解剖展だって、急に行けなくなったとか言うしさ。笹野さんと行きたかったのに。もしかしてひとりで行った？」

彼女は大きく目を泳がせた。

「ま、僕もひとりで行ったからいいけれど」

「え、そうだったんだ」

多少は僕との約束を反故(ほご)にしたことを悪いと思っていたのか、笹野さんはホッとした表情をした。

「正確に言うと、僕らは二人で行ったんだ。だから、僕に悪いと思わなくてもいいよ」

怪訝そうに眉をひそめた彼女の首が、どんどん斜めに傾いていく。

「ずっと後ろにいたんだよ。笹野さんは展示物を見るのに夢中で、僕がいることにはまったく気づかなかったけど」

彼女の目がまんまるになった。僕は笹野さんのこの表情が大好きだ。うちの猫のきなこがびっくりしたときのようで、とてもかわいいと思う。

「それでさ、今日はいくつか大事な話があるんだ。だから、なんとか笹野さんを捕まえられて良かったよ」

「話？　それって長くなる？」

キョロキョロと笹野さんは、頭上の樹々を見回した。

「コウノトリは来ていないから安心して。一つめの話からするね。妊娠検査薬の結果が陽性だったんだ」

いきなり立ち上がった笹野さんは、「コ、ココ、ココココ」とニワトリのようになってしまった。

妊娠検査薬の存在は知っているんだな。妊娠がどういうことかわかっていないのに、いったい何を調べるものだと思っているんだろう。コウノトリ予報装置か何かだと思っているんだろうか。

「一応言っておくと、僕が使ったわけじゃないからね」

「じゃあ誰の？」

「うちに女性はひとりしかいないから、母のだと思う」

自分と無関係とわかって、多少は冷静さを取り戻したのか、彼女はストンとベンチに腰を下ろした。

妊娠検査薬は、まるで僕に見せつけるように、ごみ箱の一番上に捨ててあった。置き忘れましたみたいに、トイレに箱が放置されていたし。

「あの人たち、まだ不倫を続けているの？　もうやめるって約束したのに、お父さんは本当に虫けらよりもクズ。森緒君を傷つけたら許さない。毒を盛ってやるんだから！」

　笹野さんの場合、本当に毒物を所持しているらしいから、会長の身が若干心配だ。

「きっと、またあの人が会長を言いくるめて、よりを戻したんだよ。子どもができたとか言って脅しているのかもしれない」

「ねえ、森緒君。コウノトリさんが少し昔の愛に対して、遅れて評価をするってことはないのかな」

　やっぱり彼女の中での妊娠検査薬は、コウノトリの予報装置でしかないようだ。

「ないよ」

「でもね。コウノトリさんだって、ほら全能ではないでしょ。前のことを忘れていて、『は！　そうだった、あの評価をしなきゃいけなかった』って思うかもしれない」

　微妙に妊娠検査薬の役割にニアミスしてくるところが、笹野さんなんだよな。メルヘン笹野さんには悪いけど、そろそろ真実を伝える必要があるようだ。

「笹野さん、コウノトリは赤ちゃんを運んでこないんだよ」

「……もしかして、コウノトリさんたち、もう人間の赤ちゃんを運ぶの疲れて、ストライキでもしているの」

　違う。そういうことじゃないんだ。

「コウノトリの話は迷信なんだよ」

くそんなに速く瞬きができるものだと思う。


「え、迷信って……」

笹野さんは、ショックを受けているようだ。瞬きが尋常じゃなく速くなっている。よ
くそんなに速く瞬きができるものだと思う。

「とにかく事実とは違うんだよ。植物の受粉って、理科で習ったよね」

「習った。私ね、おしべとめしべってちょっとエロティックな見た目だなと思うの」

恥じらうような言い方を笹野さんはした。

本質的な部分で理解しているんじゃないのかと疑問に思ったけど、彼女は毒植物にト
キメキを感じる人だから、普通の感覚を求めても無駄だ。

「そんなふうに植物を見たことがなかったから、これから見る目が変わりそうだよ。保
健体育の授業で、男女の性の違いとか習わなかった？」

「ちょうど家族旅行で海外に行っていて、授業を受けなかったの」

「そう……。じゃあ驚かせてしまったら悪いんだけど、僕が説明するよ。哺乳類は雄と
雌が交尾しないと子どもはできないんだ。交尾ってわかる？」

「尾っぽが交わる」

「いや、漢字の説明じゃなくてさ」

クイズが外れたときのように、残念そうな顔を彼女はした。

「雄と雌が生殖器を交わらせて、かつ精子と卵子が受精しないと子どもはできないん

だ」

笹野さんは、いまいち理解しきれないのか、首を捻っている。

「仮に、森緒君の話が本当だとすれば、コウノトリさんはいつもどこで何をしているの？」

「それは僕にはわからないけど……」

「ほら、わからないんでしょ。やっぱり、森緒君の言った生殖器の話のほうが迷信だと思う。世の中って、たくさんの嘘に溢れているから、騙されないほうがいいと思うの」

真顔で言うのが、笹野さんの面白いところだ。

「とにかくさ、相手が父ということはないよ。あのふたりは、とっくに冷めきっているんだ。あるとすれば会長とだろうな」

「じゃあ、とうとうコウノトリさんが来ちゃうってこと？」

笹野さんは心底嫌そうな顔をしている。笹野さんがコウノトリの真実にたどり着くまでには、長い時間がかかりそうだ。

「どうかな。パッと見だけど、マーカーで描いた線だった気がしているんだよ。というか、これ見よがしに置いてあったから、ほぼ間違いないと思う」

笹野さんはかわいそうなものを見る目をした。

「森緒君のお母さんって、どうしてそうなんだろう。そんなことばかりをしていたら、優しい森緒君にだって愛想を尽かされそうなのに」

「病気だよ、あの人は。で、二つ目の話になるんだけど、笹野さんの家にコウノトリが来た夜、僕は突然電話を切ったよね。あのとき、母は自殺しようとしていたんだ」

あのときの背筋が凍りつく感覚を、僕は今も忘れられない。

母は、僕の部屋から見える庭木に紐をくくりつけ、今にも首を吊ろうとしていた。

僕はスマホを放り投げ、窓から外に飛び出した。庭に植えられた毒植物を踏みつけながら、母に駆けより、無理やり木から引き離したら、母ごとゴロゴロと地面に転がり、僕は土と草まみれになっていた。

どうしてこんなことをするのかと泣きながら怒る僕に、母は涙を流しながら言った。

「羽風を夏菜子ちゃんに奪られてしまったら、お母さんは、自分が何をするかわからないから、もう死んだほうがいいと思ったの」と。

母の言葉に一瞬で涙が引っ込んだ。笹野さんの存在が、母をこれほど狂わせるんだと思ったら、とても恐ろしくなって。

「お父さんにしていたみたいに、死ぬ死ぬ詐欺じゃなくて?」

「わからないな。あの日からずっと考えていたんだけど、僕は両親を離婚させることに決めたんだよ。母はおかしくなる一方だから。父が帰ってきたら、すべて話すつもりだよ。ああ、心配しないで。笹野さんの家庭に迷惑はかけないようにするから」

あの日から、笹野さんがコウノトリの迷信を信じて僕を避け続けていたのが、コウノトリにではなく、母に対して功を奏したらしい。母はしばらくの間、おかしな行動を取らなかった。一昨日、僕が解剖展から帰ってくるまではだけど。

おそらく、また連絡を取り始めた会長に、笹野さんも解剖展に行っていることを聞いたんだろう。帰ってきて、トイレに放置された妊娠検査薬の箱を目にした僕は、母が笹野さんと付き合うなと警告しているんだと感じた。

笹野さんは、僕という人間の表層ではなく、本質を好きだと思ってくれている、唯一の理解者だ。

僕の血や骨を想像して喜び、コウノトリの幻想にとらわれているくせに、僕とキスをしたがって足でハートを描いてしまうという、ちょっと変わった人でもある。だけど、僕はそんな笹野さんが好きでたまらない。

母は、僕の彼女に対する気持ちの強さを感じ取っているんだろう。きっと、僕の彼女への気持ちが強くなればなるほど、母は狂っていく。

この先、母が笹野さんを傷つけでもしたら、僕は一生母を許せなくなってしまう。そうなる前に、手を打ってしまいたかった。

「でも、森緒君はご両親に別れて欲しくないと思っているんでしょ？　お父さんのことも、お母さんのことも好きなんだから。無理に離婚させなくてもいいと思うんだけど」

僕は彼女の質問には答えずに話を続けることにした。

「笹野さん。次で最後の話になるんだけど」

「話はまだ――」

「これから僕らはもう共犯者じゃなくなるね」

僕は笹野さんの言葉にかぶせるように、できるだけ明るい声を出して言った。

「え」

「元々、僕があいつらの不倫をやめさせたくて、笹野さんに共犯者になってもらったんだから、僕が両親の離婚を受け入れれば、もう僕らの関係は必要なくなる。そうだよね？」

「森緒君」

「何か問題あるかな。僕はないと思うよ」

「森緒君！」

笹野さんは怒った顔をして、僕の名前を呼んだ。

「何？」

「問題がないなら、どうして森緒君は今日ずっとそんなに悲しい顔をしているの。森緒君のお母さんは、森緒君のお父さんじゃなくて、今度は森緒君を困らせているんでしょ。わかるんだから。森緒君が質問の返事をしないことなんて、これまでなかったもの。前に森緒君が言っていたでしょ。人は都合の悪いことには黙るんだって」

　ああ、シラを切ろうと思っていたのにな。

「笹野さんは、変なところで鋭いから嫌いだよ」

「森緒君の嘘つき」

　そう、嘘だ。だって、仕方ないじゃないか。僕だけが家族の形を守ろうとしたって、もう父と母は夫婦として、どうしようもないところまで来てしまっているんだから。

　笹野さんのことだってそうだ。これ以上好きにならないなんて僕には無理だ。母から守るためには、自分から離れるしかない。

　僕は笹野さんから目をそらした。目を見ながらなんて、言えそうになくて。

「僕は母が恐ろしいんだよ。だから、もう別れ――」

「安心して。大丈夫だから」

　僕の言葉を遮って、笹野さんはさらりと言った。

「何が大丈夫なの。あの人、何をするかわからないんだよ。笹野さんの家族を壊そうとするかもしれないし、笹野さん自身に危害を加えることだってないとは言えないんだ」

「森緒君のお母さんが何かしてきても、大丈夫ってこと。毒植物にだって私のほうが詳しいから毒を盛ろうとされたって平気だし、家族仲を引っ掻き回されたっていい。私は両親が離婚してもどうでもいいから。赤ちゃんだけは苦手だけど、森緒君の弟か妹にしてくれるんでしょ。それなら、怖いものなんて何もないもの。森緒君には、私がついているから心配しないで」

「本気で言っているの？」

「もちろん。あ、でも、返り討ちにしちゃったらごめんね。できるだけ後遺症が残ったり、死んじゃったりするようなことはしないようにするから」

　にっこり笑って、笹野さんは怖いことを言う。だけど、彼女が言うと、本当に大丈夫なのかもしれないと思えてきてしまうから不思議だ。

「ねえ、森緒君。今度は質問にちゃんと答えてね。森緒君から、あいつらに罪悪感を与え続けるために共犯者のままでいて欲しいと言われたとき、私はいつまでか訊いたの。森緒君は自分がなんて答えたか覚えてる？」

　なんて言ったんだっけ。記憶を辿(たど)ろうとしたけれど、思い出せそうになかった。

「ごめん。覚えていない」

「だよね。だから、共犯者をやめられるなんて思ったんだもの。でもね、無理なんだよ。森緒君は一生私の共犯者なんだから」

「……どういうこと？」

　笹野さんは、何が言いたいんだろう。

「森緒君はね、ずっとって言ったの。だから約束を破ったら、森緒君を毒殺しちゃうんだから」

　ああ、そうだ。そう言ったんだ。「ずっとっていうのもありだよ。僕は結構笹野さんのことが好きだからね」って。

「私は本気。森緒君のお母さんみたいに、フリはしないの」

　真面目な顔をして、笹野さんは言う。

「でもね、私の持っている毒は、死ぬまでに時間がかかって、すごく苦しいらしいの。だから、約束を破らないほうがいいと思うな」

　こそっと内緒話をするように、笹野さんは僕に耳打ちをした。とても嬉しそうな顔をして。

「毒物は持っているだけで、使わないと言っていなかったっけ」

「森緒君を守るためなら、使うって言ったでしょ」

「使ったら、守るはずの本人が死んじゃっても？」

「だって森緒君は死なないもの。お母さんに負けて、共犯者をやめようとなんてもうしないから。だって、そうしたら私に毒殺されちゃうんだよ。死ぬよりも私の共犯者でい続けるほうがずっといいでしょ」

　優しい笑みを浮かべて笹野さんは言った。

　おかしな人だなと思った。笹野さんは本当におかしくて、どうしようもなく強い。母の恐ろしさを超えてしまうくらいに。だからこそ、僕は笹野さんに強く惹かれるのかもしれない。

「僕は毒と笹野さんに守られているんだ」

「そう。だから大丈夫。ほら、どうせ森緒君のお母さんのほうが先に死んじゃうし、私たちの人生はまだ長いから」

「まるでプロポーズみたいだね」

「私、笹野夏菜子は、一生、森緒君の共犯者でいることを、毒に誓います。はい、どうぞ」

「僕も言うの？　その変な誓いの言葉みたいなやつ」

当然だというように彼女は深く頷いた。

「わかったよ。僕、森緒羽風は、一生、笹野さんと共犯者でいることを、毒に怯えて誓います」

「ほら、もう安心ね！」

笹野さんの足が、またハートマークを描き始める。本当に安心だと思っているらしい。

「笹野さんって、鋼の心臓の持ち主だよね。この話のあとで、とかがしたいなんて」

「私はとかなんてしたいと思っていないんだから」

悟られたくない笹野さんは、また能面化してしまう。

「僕は笹野さんと、とかがしたいと思っているよ。笹野さんよりもずっと、笹野さんの足は素直だから、これからは足にお伺いを立てることにするよ」

そう言って、僕は能面化したままの笹野さんに口づけし、彼女の中に入り込み、毒に誓って長い長いキスをした。

僕は恋をしている。笹野さんも恋をしている。

共犯者という名のもとに。

君の生きる希望となるならば。

icole

「やめた方がいいよ」

鈴のような声が、冬の乾いた風に乗って少年の耳へと届く。

突然後ろから声をかけられて、孝太(こうた)は大袈裟(おおげさ)に肩を揺らす。振り返った視線の先にいたのは少女だった。焦げ茶色の髪はちょうど肩につくかつかないかほどの長さで、長ければ結ぶという校則にもギリギリ引っかからない。浴衣が似合いそうな東洋美人、黒々とした目、白い肌、背は女子にしては高い方なのかもしれない。少女と称するには大人びている容貌も相まって、余計に自分と同じ高校生とは思えなかった。

——綺麗(きれい)な人だ、と素直に思った。

声の主は手を後ろに組んで、ふふんと満足そうに笑う。笑うと左頬だけにえくぼが現れ、その瞬間、初めの印象とがらりと変わって幼く見えた。

肌寒い風が吹いてスカートが少し翻る。丈の短いスカートからすらりと伸びる白い脚。孝太の視線は彼女の顔から下に移ったが、彼女がそれを気にしている様子はなかった。

孝太の目はもう少し下に移り、彼女の足元を確認する。赤色の上靴は二年生の証だ。
「何が、っすか」
これが敬語なのか分からないが、孝太なりの敬意を込める。初対面の彼女に敬意など
ないが、年上にはそうするのが当然だろう。
質問されると思っていなかったのか、少女はきょとんとした表情をする。孝太を、い
や孝太の先を指差して、彼女は言った。
「飛び降りようとしてたでしょ？」
「……はあ？」
少女の、ブレザーの袖から顔を出すベージュのカーディガンで殆ど隠れている指先を、
孝太は目で追った。
孝太は今、学校の三階建の校舎の屋上にいる。そこは背の高い金網のフェンスに四方
を囲まれていて、まさにその金網に手をかけて下を覗き込んでいた。
もう一度金網越しにグラウンドを見れば、サッカー部がこの寒空の下、大声を張り上
げて走っている。その中にいつも一緒にいる友人を見つけて、元気だなと他人事のよう
に呟いた。金網を握った手に力が入り、かしゃんと軋む。
「何がっすか」
もう一度、少女に同じ質問をする。先程より顔を強張らせて、少女を睨みつけるよう

に見た。ぷっ、と少女は吹き出したかと思えば、腹を抱えて笑い始める。

予想外の反応に強張らせた顔はそのままで、「めんどくさい女」と孝太は呟く。「顔は綺麗なのにな」とも。

「あはは、ごめんごめん。少年が自殺するのかと思ったから」

「……いや、別に。ただ見てただけだし」

口を尖(とが)らせて言う。ふふっ、と少女は笑って、孝太にゆっくりと近づいてくる。孝太は身構えるが、それに構うことなく、彼がそうしていたようにグラウンドを覗く。ふーん、と感心の声を上げながら、懸命にグラウンドを駆けるサッカー部員を見ている。

すぐ隣まで迫ってきた少女の、ふわりと舞う髪から突如香る甘い匂いにむせ返りそうになる。三つ上の孝太の姉から香るものとも違う、心臓を擽(くすぐ)られるような匂い。金網を握る手に汗をかく。先程まで寒くて震えそうだったのに、かあっと身体(からだ)が熱くなった。それを悟られないように、孝太は少しだけ彼女から離れる。

「少年、組と名前は？」

急にぐるんと顔を向けて少女は言った。まるで生徒指導部の教師のように、偉そうな口ぶりだ。孝太はふいと目線を逸(そ)らして答える。

「一年C組、楢崎(ならさき)孝太」

「コータね」

彼女は上手にウインクをした。孝太はこの小聡明い女の振る舞いに、心の中で舌打ちをする。自分はこういう女子女子した女子とは無縁だと思っていたので、どう接したらいいか分からない。

「……先輩は？」

「なあに、私に興味ある感じ？」

「……いや、別に」

聞かれたから聞き返すのが礼儀だと思っただけだ。調子が狂う。孝太は切ったばかりの短い髪をがしがしと掻いて、変なのに絡まれたと今日屋上へ来てしまったことを後悔する。うんざりする孝太の様子に、少女は笑って言った。

「二年A組、森本仁菜だよ、コータ」

「ニナ、さん」

求められていると思って下の名を呼んでやると、案の定、嬉しそうな顔をする。予想できたのに、えくぼを左頬に作る彼女の笑顔に、胸を高鳴らせてしまった。

そのまま仁菜は軋む金網に背中を預けると、床の上に座る。孝太は、膝を抱えて座り込んだ彼女の白い脚をじっと見たが、スカートの中からちらりと覗く紺色の体操着に気が付いて、はあと溜息を吐いた。

「寒いからな」

「ん？　コータ寒いの？」

不思議そうに顔を見上げた仁菜に、なんでもないと呟いて、孝太も座り込んだ。彼女の隣に座ってから気が付いた、どうして座ってしまったのだろう。しかし、今立ち上がってしまったら彼女は不審に思うかもしれないと思うと、その場から動けなかった。

「じゃあ、コータは何してたの？」

突然彼女は問う。孝太は空を見上げて、分厚く太陽を覆う雲をぼうっと眺める。「じゃあ」がどこに係っているか話の流れを思い出し、最初の彼女の発言までたどり着いた。ああ、と納得するように声を上げた。

「別に何も。こっからサッカー部見るの、好きなんすよ」

孝太は首を後ろに捻って、金網越しにグラウンドを見る。走り回る友人の姿を見て、身体が少し疼く。中学の頃は、孝太もサッカーをしていたが、自分には向いていなかったことに気が付いて、中学三年間でサッカー人生を終えた。元々サッカー観戦が好きで、好きだから上手になるわけではないと分かっただけでも、いい経験だったと振り返る。

「本当だ、よく見える。好きな子でもいるの？」

仁菜も同じように顔をグラウンドへ向ける。

「いや、何でだよ……。男しかいないじゃないっすか」

「最近はそういうのもありじゃん？」

そういうもんっすかね、と興味なさそうに言ったが、彼女は話を続けた。クラスにそういう子がいると話し始めるが、孝太の関心はすでに失せており、話は全く入ってこなかった。

「ニナさんは、何しに来たんすか？」

楽しそうに話す仁菜の話を遮って孝太は言った。あまりにも会話の途中すぎたせいか、〝あ〟の口のまま仁菜は顔をこちらに向けた。驚いて目も見開いていたので、綺麗な顔が台無しだった。ふっ、と思わず笑いを洩らす。

「あっ、コータ笑った」

「……いや、笑ってないっす」

ニヤける顔を腕で隠し、孝太は必死に笑いを堪える。ねえねえ、と仁菜は子供のように甘えた声を出しながら、顔を隠している孝太のブレザーの裾を引っ張った。それを軽くあしらってから、なんとか笑いが収まるのを待つ。

ふう、と息を吐いて仁菜を見れば、すでに孝太の方を見ていなかった。彼女は体育座りの姿勢から脚を崩して伸ばし、スカートに置いた自身の手をじっと見つめている。

顔に影を落とすその横顔に、孝太は胸が高鳴る。伏せた目は長い睫毛で隠れ、雪のように透き通った肌、頬と潤んだ唇だけピンク色に染まっている。それが化粧によるものなのか、彼女の素なのか、化粧という行為が理解できない孝太には分からない。綺麗な顔してんな、と今度は心の中で呟いた。そして、簡単に壊れそうだ、と思った。

「コータさあ……」

ぷっくりとしたピンク色の唇から発せられる自分の名前に、顔を顰(しか)めた。彼女は孝太の名を呼んだまま黙り込む。孝太は立てた片膝に腕を載せて、うわ言のように自分の名前を呟く彼女に、「あのさ」と口を挟んだ。

「その、『コータ』ってどうにかならないんすか」

「えっ？　コータじゃなかった？」

「……いや俺、コオタじゃなくてコウタだから」

むすっとした顔で言う。わざと不機嫌に言ったのに仁菜は満面の笑みだった。可愛(かわい)らしい笑顔を孝太に向ける。

「分かってるよ、コータでしょ！」

「ああもう、いいっすよそれで……」

はあと溜息を吐いた。何が違うか分からないというように一人で首を傾(かし)げる彼女を横目に、腕枕に頭を載せた。なんでこんなめんどくさいことになっているんだっけと目を瞑(つぶ)って考える。どうして彼女は屋上にやってきたのか、その答えも聞けずにいた。大して興味もないが、この女と話すことなど他に見当たらない。

「コータ、好きな人いる？」

彼女はいつでも唐突だ。付き合いは短い。たった十分ぐらいだがすでに彼女の性格が分かった。腕枕に埋めた顔を少しだけ上げる。じっと孝太を見つめる大きな瞳に、吸い込まれてしまいそうだった。

「いないっすよ、今は」

過去にもはっきりといた記憶はないが、あえてそう付け足す。彼女の質問の意図が分からないことは突っ込まない。

仁菜は、ふうん、と満足げに笑った。そしてずいと身体を近づけてくる。あ、まずい、と直感で何かを察する。仁菜はいとも簡単にパーソナルスペースに侵入する。立て膝で座っている孝太の、その膝の上にそっと手を載せて、綺麗な顔を寄せてきた。孝太はあまり身長が高い方ではないので、座ったままの彼らの視線は殆ど同じ高さだった。ねっとりとした目線を向けられて、どくん、と心臓が跳ねる。

「キス病って知ってる？」

「はっ、え……？」

「伝染性単核球症。キスで伝染るんだって」

「デンセンセー……？」

彼女が何を言っているのか異国語のように一つも理解できなかった。孝太はなんとか頭をフル回転させようとしたが、すぐに思考は停止する。仁菜はさらに顔を寄せて、孝太の唇に自分のそれを重ねる。

触れたのは、ほんの一瞬。しかし、孝太をその気にさせるには充分だった。

心臓が一瞬止まったかと思えば、すぐに素早く鼓動し始め、半開きのままの口からは酸素を上手く取り込めない。息苦しいのに、死よりも生を力強く感じた。

ゆっくりと身体を離す仁菜は、いたずらを終えた子供のように誇らしげな顔をしていた。

「コータ、初めてでしょ？」

小首を傾げて言った。図星を突かれた孝太はすぐに彼女から目を逸らす。口元を手の甲で触れると、先程の仁菜の柔らかい唇を思い出して、耳まで顔を赤くする。

「……だったら、なんすか」

「んーん。可愛い反応だと思って」

そう言って笑われたのがファーストキスを奪われたことよりも遥かに悔しかった。めんどくさい女だ、孝太は心の中で呟いた。そこでようやく揶揄われているということに気が付いて、冷静さを取り戻すために頭をがしがしと掻く。別に、高校一年生の男がファーストキスがまだだったからと言って、恥じることではない。心の中で自分を慰めるように繰り返す。

「で、さっきのなんすか。デンセンセー……ってやつ」

「なんかね、キスしたら伝染る病気なんだって」

「それは聞いた」

怪訝な顔で言うと、彼女は大袈裟な笑顔を作った。彼女もよく知らないらしくはぐらかしているようだ。けれどそれを後で調べてみようと思うほど興味は惹かれない。

ようやく気持ちが落ち着いたのに、仁菜は黒目の大きな目を細め、えくぼを作った笑顔を再び孝太に向けた。男が喜びそうな仕草をよく知っているな、と感心する。それに例外なくときめいている自分を他所に、呆れたフリをする。

「でもさあ、キスってそれだけで病気になっちゃうと思わない？」

「ああ、うん、そうっすね」

めんどくさそうに返事をしても、仁菜がそれに構うことはない。彼女もまた、孝太の性格を理解してきたようだった。

ふいに風が吹く。吹きさらしの真冬の屋上は寒い。孝太は思わず膝を抱えて身を縮こまらせた。隣で脚を出した女は寒いだろうと、また黙り込んだ仁菜を見る。風でふわりと舞う髪から覗く彼女の顔に、ぎゅっと心臓が握りしめられる気がした。儚げで、壊れそうだ。

コータ、と潤んだ唇が名を紡ぐ。

「あのね、素敵な人とキスをすると、心がきゅんってして、明日まで生き延びてやろうって気になるの。それってさ、もう病気だよね。ドキドキして、息が苦しくて、ぼーってするのに、活力が湧いてきて。相手にも、そうやって伝染っちゃえばいいのに」

言っていることは彼女らしく道理に適(かな)っていないが、今まさに孝太にその症状が現れていることは、必死に冷静さを保っているつもりなので黙っておく。その上、〝素敵な人〟の意味がいまいち分からなかった。正直外見が非常に好みである仁菜を、〝素敵な人〟と評価するには早すぎる。ましてや自分は相手がどこの誰であろうと、女に迫られてキスされてしまえばドキドキしてしまう自信があった。

彼女は俯(うつむ)いた。風が止(や)んで、儚げな表情は髪に隠れてしまう。泣いているのかもしれないと思ってそっと顔を覗き込んだが、彼女の目は乾いていた。ぱちっと目が合って、ニヤリと仁菜は笑う。

「もいっかいしたくなった？」

「……バカかよ」

唇に人差し指を当てて揶揄うように言う仁菜を、思い切り睨む。小聡明(あざと)い仕草に、彼女が先輩だということもすっかり忘れて悪態をついた。構ってられない、と溜息を吐く。

孝太は立ち上がって、白くなった制服のズボンをはたく。突然立ち上がった孝太に、仁菜はハッと息を飲む。顔を上げて孝太を見つめる目が震えていて、行かないでと訴えているようだった。急に彼女の弱さを見せつけられて、罪悪感に苛まれる。

それを見て見ぬ振りをして、最後に疑問を投げる。

「俺は素敵な人だったんすか？」

「……ふふっ、どうかな」

先程見せた淋しそうな顔は一瞬で消え、楽しそうに笑った。健全な男子高校生のファーストキスを奪っておいて、なんという言い草だと孝太は思った。そうだと言ってくれたら、多少今後の自信に繋がっただろうに。

孝太は素っ気なさを装い、後ろ髪を引かれる思いで、じゃあ、と言った。仁菜も執着することなく愛くるしい笑顔でひらひらと手を振ってきたので、思わず顔を綻ばせてしまった。

ぱたん、と後ろで閉まった屋上への扉の音に振り返ることなく、孝太は階段を下りていく。階段の踊り場で身体の向きを変えるときに、青色の上靴がきゅっと音を鳴らす。

「何だったんだ……」

本当に何だったのだろうか、といくら自問自答してもその答えには辿り着かない。ふうと溜息を吐く。彼女のために、何度溜息を吐いて幸せを逃したか分からない。

しかし、本当に綺麗だった。あんなに自分好みの綺麗な先輩がいたなんて、孝太は知らなかった。透き通った肌が、すらりと伸びる白い脚が、柔らかくてピンクに染まる唇が、コータと嬉しそうに呼ぶ笑顔が。とても綺麗で、儚げで——いとも簡単に壊れそうで、首輪をつけて繋いでおかなければどこかに消えてしまいそうで。

自分の教室のある一階まで階段を下りようとした途中で、すれ違った女子生徒の会話が耳に入る。女の顔はよく見えなかったが、今しがた覚えたばかりの名前がハッキリと聞こえてきて、孝太は振り返った。彼女らの上靴は赤色だった。

「……ほんっと仁菜むかつく。カップルクラッシャーって言われてるだけあるわ。マジで死んで欲しい」

階段を上る彼女らの声が、耳鳴りのように孝太の頭に響く。孝太は途中の踊り場で足を止めた。もう姿が見えなくなった女子生徒の行った先を見つめながら、ぐっと顔を歪ませる。

「……もしかして、いや、まさか……」

ぶつぶつと呟きながら足を動かせないでいる自分に、舌打ちをする。めんどくさい女なんてほっとけばいいのに、と自嘲した後、ふーっと今日一番の溜息を吐く。孝太は今下りてきた階段を、駆け上がる。

「——やめた方が、いいっすよ」

孝太は屋上の入り口の扉を勢いよく開けて言った。階段を駆け上がったせいで息を切らしながら、だからサッカーをやめたんだと自分の体力の無さを痛感する。

仁菜は金網に手をかけたまま、ぼうっと下を見つめて立ち尽くしていた。孝太の声にびくっと肩を揺らし、ゆっくりと振り返った。ぎゅうと金網を握って、困ったように笑う。

「……何が？」

か細い声で言った。ようやく息を整えた孝太は、仁菜の側まで歩み寄る。彼女を背の高いフェンスへ追い詰めるように近づくと、仁菜の顔のすぐ横に手をついて彼女を覆い囲む。孝太の手が、かしゃんと金網を軋ませる。目線の高さがあまり変わらないのが格好つかないが、そうでもしなければ仁菜が逃げ出しそうだと思った。

「ニナさんでしょ、死のうとしてんの」

鋭く睨みつけて言うと、仁菜の大きな黒い瞳が揺れた。それを誤魔化すように視線を外して、乾いた笑いを洩らす。

「なに、さっきの仕返し？」

先程まで明るく鈴のようだった声が震えている。肩も小刻みに震えているが、寒さが理由でないことくらい分かる。彼女の見え透いた嘘に、何でそこまで頑ななんだと、思わず笑みが溢れた。金網についていた手を離し、ふっ、と笑う孝太に仁菜は目をぱちくりさせた。

孝太はその場にあぐらをかいて座る。おずおずと様子を窺う仁菜も、目線を合わせてぺたんと座り込んだ。彼女の目は、どうしてと訴えかけてくる。その答えは、孝太自身でさえ分からなかった。ただ、仁菜の儚げな横顔を思い出すと、死を覚悟した人間はこうも綺麗で壊れそうなのかと興味を惹かれたのだ。それを仁菜に伝えれば怒られそうだったので、孝太の胸の中に留めておく。

「命は大事にしないとダメっすよ」

「……男のコータには分かんないよ」

「まあ……そうすね。でも、分かんないなりに話ぐらい聞けるけど」

顔を顰める仁菜に、孝太は身構えた。知り合ったばかりの女に泣かれては困る。三つ上の姉は泣くと弟に当たり散らしてめんどうなのだ。女はみんなそうだと思っている。

しかし仁菜は泣かなかった。俯いて憂いを帯びた表情の彼女を見て、ああ泣いてしまえた方がマシなんだ、と孝太は悟った。泣いて鬱憤を晴らせるなら、死など選ばない。

「友達の彼氏にしか好かれないんだ、私。あいつらバカだから、彼女いるのに告白するんだよ。断っても、しつこくて、無理やりキスしてくる奴もいるし」

だから友達に嫌われるの、と眉間に皺を寄せて苦しそうに言った。

あまりにも仁菜が死にそうな顔をしていたので、お前も無理やりキスしただろ、と出かけた言葉を呑み込む。いや、本当に死のうとしていた顔だ。きっとこの屋上に先客がいなければ、まさに飛び降りていた。孝太がそう確信したのは、仁菜の目に映る覚悟を見たからだ。

タイミングが悪ければ、孝太がグラウンドを覗き込んで見たのは走るサッカー部員ではなく、彼女が血で真っ赤に染まって横たわる姿だったかもしれない。そう思うとゾッとした。

しかしそこまで追い詰められた彼女を見ても、同情はしなかった。厳しい女世界が生きづらい彼女を可哀想とも思わないし、自業自得なビッチとも思わない。ただ、救ってやりたいと漠然と思う。

巻きこまれた上に、知らない女を救いたいと思うなんてどうかしている。死んでしまうなら一人で静かに死んでくれ、と冷酷な考えが浮かんだが、それは孝太の秘めた邪心によってすぐにかき消された。孝太が乗せられてしまうことまで読んでキスをしていたとすれば、彼女は相当な策略家だ。小聡明く可愛らしい笑顔を思い出して妙に納得してしまう。

「なあ、ニナさん……俺は素敵な人だった？」

答えてくれなかった質問をもう一度繰り返す。

これはそう、病気のせいだ。彼女の言う、〝きゅん〟というのはよく分からないが、きっとこの胸の高鳴りは、〝キス病〟とやらを発症してしまったんだと孝太は思った。だから動悸がして、息が苦しい、重篤な病だ。そして病というにはしかし、どうにもできない生彩を放っている。

仁菜はハッと息を飲んで、驚いた表情をしていたが、孝太は続ける。

「あんま心をきゅんとさせる自信、俺にはないっすけど……明日まで生きてくれませんか?」

仁菜の顔が段々歪む。次第にこみ上げてくる涙に構うことなく、彼女は目を細めて笑う。ほろりと落ちた涙が、えくぼを伝う。孝太はその涙にホッとして、もうすでに彼女を救えた気になった。

仁菜はブレザーの袖から覗くカーディガンでごしごしと顔を拭いて、はなから泣いていなかったかのように笑う。これを見せられては、恋人がいようがいまいがコロッと落ちてしまうのは分かる、と撃沈していった男たちに同情する。

「ふふっ、仕方ない。コータのために生きてあげよう」

「仕方なしに、っすか」

不満げに口を尖らせてみたが、心はじんと温かく気分が高揚している。男って単純だな、と他人事のように思う。胸が熱くなって、目の前の彼女を壊してしまいたいという欲に駆られたのを、必死に悟られないようにする。これが病なのだろう。だとすれば、この病気が彼女に伝染ってしまえばいいのに。

そんな孝太の心の内などお見通しだという様子で彼女は言う。

「ねえ、コータ。もし明日私が生きてたら、明後日まで生きられるようにキスしてくれる？」

孝太は、相変わらず心を擽ってくる仁菜の笑顔を見て、仕方ないっすね、と笑った。

比村コズヱ

宇宙は膨張しているらしい。

膨張宇宙論。実証したのはアメリカの天文学者、エドウィン・ハッブル。

遠い昔、宇宙はほんの小さな火の塊だったらしい。それが大爆発を起こし、宇宙は始まった。そのビッグバンから、宇宙の膨張は緩やかに続いている。現在も。

わたしの中にも宇宙がある。小さな感情の塊が、どこにも行けず燻(くすぶ)っている。

このちっぽけな宇宙の中で、いつかビッグバンの如(ごと)く爆(は)ぜて。

わたしの体ごと、消えてしまうのかな。


朝起きたら人間になっていますようにと祈りながら眠りにつくのがわたしの日課。

目覚ましより先に蟬(せみ)の鳴く声。サーチライトで照らしたような白い光。地球の夏は早起きだ。

起き上がってすぐ、ぺとぺと顔を触る。首、腕も。

こんなに暑いのに汗は一滴もかいていない。人間は体温が上がりすぎないよう汗をかいて体を冷やせるらしいけれど、わたしにはその機能がない。

今日も人間になれなかった。きちんと自覚してから、ベッドを出る。姿見の前に立って、被(かぶ)せてある布を捲(めく)った。

左だけ長い前髪。人間の死体より白い肌。ドーベルマンみたく尖(とが)った耳。さそり座のしっぽのように曲がる指。

前髪をかき分ける。左のまぶたに収納された目の玉は、今日も真っ黒。白目の部分がない。

はあ。ため息がもれる。

今日も、人間になれなかった。

半分がエイリアンだからといっていじめられた経験は一度もない。

みんな、わたしを怖がっていじめることもできない。映画や漫画の影響が大きすぎて、エイリアン＝凶悪という方程式が人間の中に深く根付いているらしい。四月の入学式でも、校舎に足を踏み入れて感じたのは小・中学校のときと同じ、奇異なものに向けられる視線だった。

誰も悪くない。わたしだって、わたしみたいなのが目の前から歩いて来たらじろじろ見ちゃうもの。ぎょっとするし、怖いなって思う。

高校生になって初めての夏も、左半分の視界には前髪が被さった真っ黒な世界が広がっている。

はよー。教室の入口から間延びした声が聞こえてくる。

はっと視線を上げる。

市ヶ谷朔くん。クラスメイトの男の子で、人間。

「朔くん、おはよー」

「市ヶ谷ー、おまえ今日寝ぐせすげえぞ」

「ほんとだ。市ヶ谷くんかわいー」

市ヶ谷くんの周りには、あっというまに人だかり。すぐに本人そのものは見えなくなる。

「あー、まじ？　今日弟が全然起きなくてよー」

ははは、って笑う市ヶ谷くんを、流れ星並みの速さで観測する。おでこ、鼻筋、小鼻、人中、唇。さかさかとノートにシャープペンを走らせる。

市ヶ谷くん、やっぱり夏似合うな。向日葵みたい。

友だちと笑い合う市ヶ谷くんの横顔を、輪郭だけとらえてあとは想像で描く。もう何度も描いているから、見なくても描けるようになってしまった。

ノートは垂直に、少しだけ閉じて。壁に背をつけて、絶対に誰にも見られないように。もし誰かに見られたりしたら大変。

はらり、前髪が目にかかる。絵を描いているとどうしても落ちてきてしまう。

続きはお昼休みに描こう。

お昼休みになると、お弁当を持って教室を出た。

普段、教室を出ることはあまりない。どうしても視線を浴びてしまうし、わたしを心底怖がっている人も中にはいる。

絵を描くことに集中できるのはお昼休みだけ。もちろん教室ではなく、人気のないところで描く。ようやく見つけた安息の場所は、体育倉庫の裏だった。

体育倉庫から人の気配がしないことを確認して、裏に回る。たまに運動部の生徒が片付けか何かをしているときがあって、そういうときは断念する。

体育倉庫の裏は日陰になっている。とはいえ夏はかなり暑い。エイリアンは汗をかけない。体の中に熱がこもる。わたしの場合、指を隠すために長袖だから余計。あまり長い時間はいられない。

そそくさとノートを開く。筆入れに入れてあるヘアピンを一本つまんで前髪を斜めに留める。久しぶりのパノラマの視界。シャープペンを握って朝の続きを描いた。

絵を描いているときだけは心が凪(な)ぐ。シャープペンの走る音。近くの木から蝉の声。

しゃ、しゃ。みーんみんみんみんみん。

二つの音にかき消されて、足音にまったく気付けなかった。

「え、うま」

その声に息が止まる。大げさじゃなく、本当に止まる。

声のしたほうを見る。そこにはなんと、市ヶ谷くんが立っていた。

手にはソーダアイス。咀嚼(そしゃく)しながら、わたしの手元を見ている。

「すげえ。山田(やまだ)さん漫画描けんの？」

「…………」

「それ漫画だろ？」

「…………」

「あれ？　山田さーん」

フリーズしていた意識が戻る。

わたしは慌ててノートを閉じた。

「あ、わり。もしかして見ちゃいけなかった？」

「えっ。あ、いや。そういうわけじゃ」

ない、んだけど。声が尻すぼみになる。

わたしがもにょもにょしているうちに、市ヶ谷くんはわたしの隣に腰かけた。

え、座るの？　行かないの？

急いでヘアピンを外す。左目を隠して、捲っていた袖もぐいぐい引っ張った。

「今日もあっちーね」

ワイシャツの襟元をぱたぱた。ソーダアイスをしゃくしゃく。あまい、冷たい匂い。

市ヶ谷くんが隣にいることが信じられない。

市ヶ谷くんは入学早々、クラスどころか学年中の人気者になった。何か特別なことをしたわけじゃないのに（わたしの知るところではだけど）市ヶ谷くんはやたらと目立った。身長も高いし顔立ちも整っていて、人間の女の子が騒ぐようないわゆるイケメンだから、いるだけで目立つんだろう。明朗快活、スポーツ万能、勉強は普通、みたいだけれど。彼をとりまく空気は、いつも星が瞬くようにきらきらしている。

かくいうわたしも、そんな彼に憧れているうちの一人。

「下描きの段階でそんなうまく描けるもんなんだな」

「いや、そんな。全然」

「もしかして山田さんプロなの？」

「いやいやまさか。そんな。全然」

語彙力が死んでる。「いや」か「そんな」か「全然」しか言ってない。

「なんでこんなあっちーなか外で描いてんの？」

べろり、指を舐めながら市ヶ谷くんは訊く。アイスが溶けるのが早くて、手に垂れてしまったみたいだ。

わたし、ティッシュ持ってる。だけど、わたしのティッシュなんて使うのいやかな。人間の男の子の手。初めてこんな間近で見る。ごつごつして、ぼこぼこ。

「きょ、教室だと、髪が邪魔で」

「え？　どういうこと？」

「あ、え、と。教室だと、ヘアピン、使ってないから」

「教室だと使えねえのか？」

「あ、い、いや。使えない、っていうか、あの、えーっと」

お母さん以外の人と話したの久しぶり。うまく言葉が出てこない。しかも相手はあの市ヶ谷くん。

市ヶ谷くんは急かすことなく、まったりとわたしの返事を待ってくれている。呼吸が整ったタイミングで言った。

「左目が、その……みんなと違うから」

「みんなと違う？」

「あ、わたし、その、は、半分、エ、エイリアンで」

「いや、それは知ってるけど。気になるの？」

そう訊かれて、ぽかんとする。

気になるに決まってる。だけど、どうして？　って訊かれたら。どう答えていいかわからない。

市ヶ谷くんが、ううん、と唸りながら空を見上げる。

わたしは所在なげに地面を見つめた。今日も蟻は一生懸命。

「あのさ」

「はっ、はい」

「いやだったらいいんだけど」

「は、はい」

市ヶ谷くんは真剣な表情でわたしを見つめてきた。白目がちゃんとある、人間の目。

市ヶ谷くんに見つめられて、心臓が指でつままれたみたいに痛くなる。

「見せてくんない？」

「え？」

「左目」

突然の申し出に呼吸が固まる。

「あの、えー、っと」

「隠してるくらいだもんな。いやだったらほんと——」

「あ、ううん。いや、っていうわけじゃ、ないんだけど。あんまり、その」指をぎゅっと折り畳む。「見ていて気持ちのいいものでは、ないと思うから」

市ヶ谷くんは何も答えない。代わりに、右手をそっと伸ばしてきた。骨張った男の子の手。市ヶ谷くんの、手。

「いやだったら言って」

わ、わ。

すぐそこに市ヶ谷くんの顔。目を逸らしたいのに逸らせない。あんなにうるさかった蟬の声が遠くなって、自分の心臓の音しか聞こえない。

市ヶ谷くんの指先が前髪に触れる。わたしの反応を見ながら、繊細な手つきでかき分けていく。

広がっていく世界。

怖い。怖い。

市ヶ谷くんに気持ち悪いって思われたら、どうしよう。

「わー、すげえ」

「………」

「ビー玉みてえ」

「………」

「まじですげえ。なんか、きらきらしてる」

そう呟（つぶや）く市ヶ谷くんの目のほうがきらきらしてる。瞳の中で星を育てているみたい。

「きれいだよ、山田さんの目。宇宙みたいできれい」

向日葵が笑ったのかと思った。眩（まぶ）しくて、目がチカチカする。星が瞬いたのかもしれない。昼なのに。

ありがとう。小さな声で返すので精いっぱいだった。

「前髪切りゃあいいのに。隠してるのもったいねえよ」

「市ヶ谷くんみたいな人ばかりじゃ、な、ないから。怖がる人も、やっぱり、いっぱいいるし」

言ってしまってから、あ、と思う。せっかく「きれい」って褒めてくれたのに。

案の定市ヶ谷くんは、そうか、と声のトーンを落とした。

市ヶ谷くんが立ち上がる。心臓が、氷をあてがわれたようにびくつく。

「ま、いろいろあるよな」

「………」

「でも、おれは怖くねえから」

「え？」

振り向いた市ヶ谷くんは笑っていた。にっ、て効果音がつきそう。
「山田さんのことも、その目も。おれは全然怖くない」
「…………」
「だから、またな。あ。よかったら今度漫画も見せて」
アイスの棒をぷらぷら。市ヶ谷くんは颯爽と去って行った。

朝起きたら人間になっていますようにと祈りながら眠りにつくのがわたしの日課なのに、昨日、祈り忘れてしまった気がする。

迫ってくる骨張った手。キスしてしまいそうな距離にある市ヶ谷くんの顔。笑う向日葵。

目を瞑るとあの光景がありありと思い出されて、お布団の中で悶えていたらいつのまにか眠ってしまっていた。

起き上がって、今日もぺとぺと、顔を触る。首、腕。もちろん汗はかいていない。今日も、人間にはなれていない。

ベッドを出る。姿見の前に立って、被せてある布を捲る。

左目を覆う前髪。人間の死体より白い肌。ドーベルマンの尖った耳。指は、さそり座のしっぽ。

前髪をかき分ける。左のまぶたに収納された目の玉を見て、呟いた。

「宇宙」

朝の挨拶と共にリビングに入ると、お母さんがちょうどテーブルに朝食を並べ終えたところだった。

「おはようミラちゃん。お母さん今日早番だから。早めに出るわね」

わかった。そう答えながら席に着く。

「学校はどう？　楽しい？」

食卓に着くなりお母さんはそう訊いてきた。こわごわ、って感じのお母さんのこの視線が、わたしは少し苦手。

「うん。楽しいよ」

目を伏せて小さな声で答える。

「ほんと？　お友だちできた？」

市ヶ谷くんの顔が浮かぶ。

図々（ずうずう）しくも、つい頷（うなず）いてしまった。

「あら！　どんな子なの？」

「え？　えーっと。明るくて、クラスの人気者」

「そう！　よかったあ！　今度おうちに連れていらっしゃいね」

「うん。わかった」

「ほんと、ミラちゃんが楽しそうで安心したわ。目を隠したのはやっぱり正解だったわね」

　パンが喉につかえる。うまく飲み込めなくて牛乳を口に含んだ。

「あ、違うのよ。ミラちゃん。お母さんはミラちゃんの目、好きなの。当然でしょ？　だって母親だもの」

「……ありがとう」

「だけど、みんながみんなそうとはかぎらないじゃない。お母さん心配なの。ミラちゃんが、学校で、その……いやな思いをしないか」

　本当は、いじめられたりしないか、って言いたかったんだと思う。

「クラスの子たちにはなるべく見せないようにね。ミラちゃん」

「……うん。わかってるよ」

　昨日クラスのお友だちに、宇宙みたいできれいだ、って言われたと伝えたら。お母さん、どんな顔するんだろう。

「ミラちゃんには本当に悪いと思ってるわ。お母さんのせいでつらい思いさせて」

「……ははっ。お母さん、またその話？」

「だってそうじゃない。ハーフだから人間に化けることもできないし。お母さんのせいでミラちゃんにはいつもつらい思いを――」

「ほらほら、今日早番でしょ？　遅刻しちゃうよ」

あらやだ、いけない。掛け時計を見上げてお母さんが席を立つ。

ほっと肩の力を抜いた。

お母さんが家を出た後、二人分の食器を洗いながらぼんやり考える。

わたしのエイリアンの血は、お母さんから受け継いでいる。人間のはお父さんから。

お母さんはハーフじゃない。完全なエイリアン。だから、見た目は完全に人間。

完全体のエイリアンは人間に化けられる。わたしはハーフだからそれができない。どうやら化けるには力が足りないらしい。

お母さんが子どもの頃、「ＵＦＯ」という歌が流行（はや）った。その歌を使ったＣＭがあって、宇宙人であることを隠して人間の女の人と付き合っているという、わたしたちにとってはセンシティブな内容。ＣＭがテレビで流れるたび、お母さんの両親――おじいちゃんとおばあちゃんは、さりげなくチャンネルを替えていたんだとか。

お母さんは、自分がエイリアンだということを隠してお父さんと結婚した。だから、結婚当初、食卓であのＣＭが懐かし映像として流れるたび、まるで逃走している犯罪者のような気分だったとお母さんはしきりに語った。

だからよかったのよ。こうなって。いつまでもあんな精神状態でいたら、お母さんまいっちゃってたかもしれない。だからミラちゃんのおかげ。本当にそうなのよ。

折に触れてお母さんはよくそう言った。何も訊いていないのに、先回りして。

お父さんにお母さんの正体がバレたのは、わたしのせい。言わずもがな、生まれてきた赤ん坊の容貌でわかってしまったのだ。

しばらくして両親は離婚。お父さんは親権争いをすることもなく、静かにわたしたちの元を去って行った。

きゅっ。蛇口を捻(ひね)る。

心臓まで捻られたみたい。

お昼休みなのに下描きがまったく捗(はかど)らない。ヒーローの輪郭と吹き出しをちょろちょろっと描いただけ。

ノートと筆入れ。いつもの持ち物に追加して、手鏡。昔お母さんが社員旅行のお土産で買ってきてくれたものだ。自分の顔を手鏡で見る必要なんてなかったから、ずっとクローゼットにしまわれていた。

朝、ワックスをつけてきたところが固まっちゃってる。手鏡を膝に置いて、髪の毛を急いでほぐした。

全部の神経が、昨日市ヶ谷くんが来た方向へ向く。だけど、視界で何かが動いてもすぐに見たりはしない。じゅうぶんに時間を置いてから、何かのついでふうを装って視線を上げる。

結局ほとんどが金網越しの通行人。ため息をついたのも、もう四、五度目である。

毎日来るなんて言ってなかったし。っていうか、またなって言われただけで、ここでまたなって意味じゃなかったかもしれない。市ヶ谷くんみたいな人気者が、毎日わたしになんて会いに来るはずがない。

考えがどんどん卑屈になって、慌てて首を振る。落ち込むのは勝手だけど、市ヶ谷くんを巻き込んじゃいけない。

今朝のお母さんとのやりとりを思い出して、ますます気分が重くなる。

今日、あんまり早く帰りたくない。お母さん、早番だから帰りも早いだろうし。図書室に寄って、少し遅く帰ってしまおうか。

まったく変化のないノート。膝に顔を埋める。

夏の強い陽射しが、じりじりと首の後ろを苛めてきて痛い。

「山田さんっ」

突然名前を叫ばれて、弾かれたように頭を上げる。

市ヶ谷くんが慌てて駆け寄って来た。

「い、市ヶ谷くん」

「どうした？　具合悪い？」

「へ？　……あ」

そうか。こんな炎天下でうなだれていたら、そりゃあそうなるか。

「あ、ええ、と。そう！　漫画！　漫画が全然捗らなくて」

そう言うと、市ヶ谷くんは安堵したように膝に手をついた。そのままわたしの隣に頽れる。

「おどかすなよ」

「ご、ごめんなさい」

右手でぱたぱた首筋を扇ぐ。こめかみと襟足に、玉のような汗。

「あー、焦った」

「走って、きたの？」

「ん？　ああ。逃げてきたって感じ」

「逃げてきた？」

わたしに会うために走ってきたのかな、なんていう淡い期待を、市ヶ谷くんは吹き消した。

「優里――ああ、おれ幼なじみがいるんだけど」

「ああ。早見、さん」

「え、山田さん知ってんの？」

「だ、だって、有名だよ。美男美女の幼なじみって」

言ってから照れくさくなる。本人を目の前にして美男って。

「美男美女ー？　そうかあ？　おれはともかく、あいつは口うるさいだけのメデューサみたいな女だぜ。さっきだってがみがみがみがみ」

「メデューサって」

あの早見さん相手にそんなこと言えるの、市ヶ谷くんくらいじゃないだろうか。

早見さんは、男子だけじゃなく女子も憧れる才色兼備な人間の女の子。しかも、市ヶ谷くんの幼なじみ。幼なじみなんて関係、それだけでも憧れるのに。こんなに絵になる美男美女なんて。

かくいうわたしも、二人をモデルにした恋愛漫画を描いている。

「今日も下描きなんだな」

市ヶ谷くんがわたしのノートを覗き込む。

「あ、うん」

「本番？　っていうの？　それは家でしか描けないのか？」

「あ、うん。本番はペンタブ使って描いてるから」

「ペンタブ？　なんだそれ」

「あ、ぺ、ペンタブっていうのはペンタブレットのことで、こう、パソコンと繋(つな)いで――」

来てくれた。市ヶ谷くん。今日も。

自然と口角が上がる。うれしさで、胸がいっぱいになる。

あ。ピン留め。外してないや。袖も捲りっぱなし。

大丈夫かな。市ヶ谷くん、わたしのこと気持ち悪くないかな。

わたしの目をまっすぐに見て、楽しそうに話を聞いてくれる市ヶ谷くん。

さっきまで沈んでいた気持ちが、ぷかぷか浮かんできた。

市ヶ谷くんってすごい。人を幸せにする天才だ。

市ヶ谷くんがどうして人気者なのか、わかったような気がした。

山田さん。

男の子の声で呼ばれたので、つい市ヶ谷くんだと思ってしまった。

振り返ると見知らぬ男の子が立っていた。

前髪を目に被せ直しながら、はい、と返事をする。

「今日、放課後時間もらえる？」

「はい？」

「音楽室に来てほしい。吹奏楽部休みだから」

わたしが返事をする前に、彼は名前も告げずさっさと行ってしまった。

放課後、結局わたしは音楽室まで来ていた。行こうかどうしようか悩んだけれど、用件が気になる。一度も喋ったことのない人間の男の子が、わたしになんの用だろう。

こういうときは普通、愛の告白かもなんて考えるのかもしれない。だけど、わたしの場合は違う。扉を開けて、教室の中にたくさんの人が待ち構えていたらどうしよう。お母さんが心配した通り、いじめられたりしたら。そんなふうに考えて不安になる。

意を決して扉を開ける。心の中で市ヶ谷くんの名前を呼んだ。

教室の中を見てほっとする。待っていたのは彼一人だった。

「来てくれてありがとう」

「い、いえ」

「ぼくのこと知ってる？」

「……すみません」

「だよね。クラスも違うし、話したことないし」

そんな人が、一体わたしになんの用だろうか。

「それで、わたしに用って――」

「山田さん」わたしの言葉を遮って彼が言う。「じつはぼくたち、仲間なんだ」

言われた言葉の意味がわからなくて、ぽかんとする。

リムレスメガネに覆われた目が細められる。さらりとした黒髪が、窓から吹き込む生温（なまぬる）い風にくすぐられた。

「ぼくもエイリアンなんだ」

え、と発音するより早く、彼はリムレスメガネを外した。彼のきめ細やかな額がメキメキと音を立ててひび割れていく。赤い肉と肉の間から無機質なメタリックカラーの本体が顔を出して、人間の皮膚が地球の重力に負けて、でろんとしな垂れた。

思わず、うっ、と口を押さえる。

彼はしゅるしゅると人間の形に戻った。

「ごめんごめん。気色悪かった？　でも、きみのお母さんも完全体でしょ？」

「お母さんのは、見たことなくて」

平静を装うも、声も手も足も震えてしまっている。

完全体の姿ってこんなにグロテスクなんだ。お母さんも、あの人間の皮を剝いだらあなるんだ。

薄闇のキッチンでにっこり笑うお母さんを思い出す。

背筋がぞっとした。

「ぼく、五十嵐慶（いがらしけい）っていうんだ。三組にいる。山田さんは七組でしょ？」

なんとか頷いてみせる。正直、話が全然頭に入ってこない。

「よかったら、ぼくと仲良くしてほしい」

「え？」

思いがけない言葉に、わたしは初めて五十嵐くんをちゃんと見た。

人間の姿の五十嵐くんは目も鼻も口も薄く、どこか儚（はかな）げな線をしている。薄い色の芯で描いたような、そんな印象。

どことなくお父さんに似ていた。

「ど、どうしてわたしと？」

「どうしてって……特に理由はないけど。理由がなきゃだめ？」

「あ、いや、そんなことは」

ない、けど。歯切れ悪く答える。

「ぼく、家族以外でエイリアンって初めて会うんだ」

「あ。じ、じつは、わたしも」

「ほんと？」

ぱっと輝く五十嵐くんの瞳。今はちゃんと白目がある。だけど、さっき見た完全体の目は、明らかにわたしとお揃（そろ）いの目だった。

「だからさ、エイリアン同士仲良くしようよ」

五十嵐くんが、なんの躊躇(ためら)いもなく手を差し出してくる。

それだけで、わたしの胸は熱くなった。

この手もよく気味悪がられる。妙に長くて、変なふうに関節が曲がっているから。

その手をおずおずと差し出す。

五十嵐くんは迷わずわたしの手を取った。

「よろしくね。ミラ」


友だちができた。そう報告すると、市ヶ谷くんはやっぱり喜んでくれた。

「五十嵐くんって、五十嵐慶くんだろ？　三組の」

今日も今日とてアイスをしゃくしゃく。市ヶ谷くんは言う。

今日は、わたしの手にも檸檬(レモン)色のアイス。市ヶ谷くんが買ってきてくれた。いつもどこで買ってくるんだろう。学校を抜け出してアイスを買いに行くなんて、すごい度胸。

「市ヶ谷くん、五十嵐くんのこと知ってるの？」

「ああ。喋ったことはねえけど、すげえ頭がいいって有名だよ」

「そう、なんだ」

市ヶ谷くんに五十嵐くんのこと褒められるの、なんだかうれしい。憧れの人に自分の友だちが褒められるって、こんなふうにうれしいんだ。

しゃー、しゃー。今日はいつも以上に筆がのる。ノートに描いた顔の輪郭が、どことなく五十嵐くんに似ているかもしれない。

「接点ないのによく友だちになれたな」

「えっ。あ、ああ。ええっと、それは……お、落とし物を拾ってもらって。それが、その、きっかけ」

嘘（うそ）だからしどろもどろになる。

五十嵐くんはたぶん、自分がエイリアンだということを周りに伝えてはいない。だから、本当のきっかけを教えてしまうわけにはいかない。

だけど、市ヶ谷くんに嘘つくの、ちょっといやだな。

市ヶ谷くんは疑う素振りをまったく見せない。へー、あいついいやつだな、なんて感心までしている。市ヶ谷くんって素直。

「ところで山田さん。山田さんの漫画はいつになったら読めんの？」

「えっ。あー。特に急いで描いては、なくて。だから、その、まだできてない」

「そうなのか？　漫画って締め切りとかあるんじゃねえの？」

「締め切りなんて、そんなのないよ。漫画家さんじゃあるまいし」

ヒーローの髪を描いていく。市ヶ谷くんのふわふわした綿菓子みたいな髪。

「山田さんって、将来の夢はやっぱり漫画家？」

「ええ？　まさか。違うよ」

夢なんて大仰なことを言われてのけぞる。

「エイリアンが漫画家なんて、なれっこないよ」

そう言うと、市ヶ谷くんは心底不思議そうにきょとんとした。

「なんで？　エイリアンじゃ漫画家になれねえの？」

「そういうわけじゃ、ない、かもしれないけど」

「なりたくねえの？」

「そういうわけでも、ない、かもしれないけど」

夏の陽射しと市ヶ谷くんの眼差し（まなざ）がわたしを焦がしていく。

夢。

夢なんて、考えたことなかった。

「……エイリアンの漫画家なんて、いないかもしれないし」

「なんだ。そんなことか」ほっとしたように表情を緩める。「じゃあ、山田さんが一番になればいい」

本当にそう思っているみたいに、市ヶ谷くんは笑った。

市ヶ谷くんが笑うと、たまに泣きそうになる。とてもうれしいはずなのに、変なの。

溶かしたお砂糖が喉に流れていくみたいに。あまくて、痛くなる。

「なれる、かなあ」

シャープペンを握りしめる。初めての場所に行くときの、少し緊張するあの感じ。わたしの世界、市ヶ谷くんといるとどんどん広がる。

「さあな。なりたくて頑張ってたらなれんじゃねえの」

夏の陽射しにキスを強請るように市ヶ谷くんは目を瞑る。横顔、きれい。

「ははっ。そういうとき漫画のヒーローなら、きっとなれるよって言うんだよ」

「そうなのか？　だってほんとに知んねえもん」

市ヶ谷くんは眉尻をへなっと下げて笑うのが癖みたいだ。

市ヶ谷くんの真似をして、同じように笑ってみる。

白い肌の奥がくすぐったくなった。


メッセージアプリの友だち欄にある Kei Igarashi の文字をもう一度見てから、スマホを閉じた。

連絡先を交換するなんて初めて。昨日五十嵐くんから来た「明日昼飯一緒に食わない？」のメッセージを何度も読み返してにまにましてしまう。

どうやら五十嵐くんは吹奏楽部らしい。市ヶ谷くんが教えてくれた。どの楽器をやっているかはわからないそうなので、今日本人に聞いたら教えるね、と言ったら喜んでくれた。

待ち合わせ場所は初めて会った音楽室。友だちと一緒にお昼を食べるなんて初めて。少し緊張しながら扉を開けると、五十嵐くんはすでに待っていた。机にかじりついて、何やら勉強をしている。

こんにちは。言いながら近付いて行くと、五十嵐くんは参考書から顔を上げた。

「あ、こんにちは」

「五十嵐くん、勉強してるの？」

「うん。今度のテストで三番以内には入りたくて」

参考書を閉じながらそう答える。

すごいな。努力家なんだ。わたしまでなんだか誇らしい。

「五十嵐くんは、夢、とかある？」

お弁当を広げながら、そんなふうに訊いてみる。

「夢？　うーん、特にないけど……いい大学入って、いい企業に就職したい」

「な、なるほど」

「ミラは？　何か夢があるの？」

本当はこの返しを待っていたのかもしれない。わたしは持って来ていたノートを取り出そうとした。

「じつはね、わたし漫画を描いてて」

市ヶ谷くんが褒めてくれた漫画。わたしの大事な一部。

それを五十嵐くんとも共有したくて。五十嵐くんも「すごいな」って、褒めてくれるんじゃないかって。

思った。思って、しまった。

「え？　漫画？」

五十嵐くんはわらった。笑った、じゃなくて、嗤（わら）った。

心臓から喉にかけて冷たいすきま風が吹く。

とっさにノートをバッグに押し戻した。

「エイリアンが漫画なんて描いてどうするの？」

「あ、いや、その。どうしたい、とかじゃなくて。ただの趣味で」

口元がひくつく。前髪を直すふりをして左目を隠す。

「あー、趣味ね。趣味ならまあ」

「う、うん」

「ミラこそ、勉強頑張ったほうがいいと思うけど」

「え？」

漫画と勉強がどう繋がるのかわからない。

五十嵐くんはにっこり微笑(ほほえ)んだ。

「就職、大変だと思うよ。ただでさえそんな見た目なんだから」

一瞬、何を言われたのかわからなかった。今日天気いいね、くらいのニュアンスだったから。

ただでさえそんな見た目。

手が震えてくる。

あれ？　友だちってこういうこと言うの？　言っていいの？

「漫画で食ってくなんて人間でも難しいでしょ」

「そう、だね」

「勉強、苦手だったら教えてあげるよ」

そう言って目を細める五十嵐くん。

五十嵐くんはきっと、親切心で言ってくれている。だって、ほんとのことだし。きれいごとだけじゃ、わたしたちはこの地球上でうまくやっていけない。

ありがとう。そう言って笑ってみたけれど、うまく笑えているか自信がない。

「負けたくないんだ。人間に」

五十嵐くんが、入道雲でも空でもない、もっとずっと奥のほう、見えない星を見つめている。

「だって、どうしてぼくらが自分を誤魔化さなきゃいけないのさ。人間ってそんなに偉いのかな。この星で一緒に暮らしていることに変わりはないのに」

そう言って笑う五十嵐くんの目は、とても傷ついているように見えた。

五十嵐くんの中にも、宇宙があるのだろうか。

五十嵐くんと教室へ戻る途中、市ヶ谷くんとばったり出くわした。隣には早見さんの姿もある。

市ヶ谷くんの隣で笑っている早見さんの目は、きらきら輝いて見えた。黒目が管状花で白目が花弁。朝露に濡れる白のガーベラみたい。

うっかり見惚れていたら、市ヶ谷くんがわたしに気付いて手を上げた。

ガーベラの隣に咲く向日葵。

やっぱり二人はお似合いで、なぜか心臓がちくりとした。

「五十嵐くんと飯食ったのか」

「う、うん」

「そうか。よかったな」

骨張った大きな手が、わたしの頭をわしゃわしゃと撫でる。

心臓が、きゅっとくすぐったくなった。

痛くなったり、くすぐったくなったり。市ヶ谷くんといると、わたしの心臓は忙しい。

「朔。むやみやたらと女の子に触らない」

早見さんが、すらりとした指で市ヶ谷くんの耳をつまむ。

「いてえな。なんでだよ」

「ごめんね山田さん。朔ったら人との距離感おかしくて」

早見さんに微笑みかけられて、女の子同士なのにドキドキする。

だけど、わたし、どうしてか、市ヶ谷くんのことで早見さんに謝られるの、好きじゃない。

「ミラ。そろそろ行こう」

むっつりと黙っていた五十嵐くんが言う。そのまま歩き出してしまったので、二人に頭を下げて慌てて五十嵐くんを追いかけた。

「ミラって、あの人間たちと親しいの？」

あの人間たち。

まあ、確かに。人間。そうなんだけど。

五十嵐くんの言い方、たまに心がひやっとする。

「親しい、っていうほどでもないかもしれないけど。たまにおしゃべりするくらい」

「ふうん。あんまり親しくなりすぎないほうがいいんじゃない？」

「え、どうして？」

市ヶ谷くんは、わたしに友だちができたこと、喜んでくれたのに。

「よく見てみなよ。あの人間たちときみ、全然違うでしょ」

そう言われて、振り返る。

早見さんの隣で笑う市ヶ谷くん。目も、耳も、手も。二人はお揃い。

今まで見ないふりをしてきた何かを、ぐっと目の前に突き付けられた気分だった。

違う。確かに違う、けど。

違うと友だちになっちゃいけないの？　一緒に笑い合っちゃいけないの？

「ぼく、ミラが傷つくの見たくないんだ」

「傷つく？」

わたし、市ヶ谷くんと一緒にいて傷ついたことなんてない。むしろ、いつも救われているのに。

五十嵐くんの言うこと、いつもよくわからない。すぐに理解ができない。

「人間と一緒にいたら傷つくよ。劣等感感じない？」

岩で頭を殴られたみたいだった。

劣等感なんて、感じたことない。ただ、みんなと違うから。ちょっと恥ずかしいなって思うだけで。

制服の袖を引っ張って指を隠す。左目がちゃんと隠れているか心配になって、何度も前髪を直した。

お父さんはここから電車で三駅目の住宅街で一人暮らしをしている。

電車に乗るのは怖い。わたしが乗って、いやな思いをする人がいたらどうしよう。万が一絡まれたり、怖い目に遭ったりしたら。

帽子は目深に被って、指の第一関節まで隠れる服を着る。深呼吸をして、えいっと飛び乗る。電車はお父さんの顔をこっそり見に行くときしか乗らない。

二駅目を越えて、ようやく心臓が落ち着いてきた。

車窓からもくもくとした入道雲が見えて、わたしは子どもの頃のことを思い出した。

お父さんとお母さんがお別れするちょっと前。家族で最後に行った遊園地で、お父さんはあの雲みたいに真っ白なソフトクリームを買ってくれた。

お父さんは、「お母さんが人間じゃないからお別れするんじゃない。大事なことを話してくれなかったから、それが悲しくてお別れするんだ」、そう言ってた。

だから、わたしのこともきっと、かわいくないとかではない。だって、記憶の中のお父さんはいつも優しかったから。

今日は、思いきって話しかけてみよう。そう心に決めてやってきた。お父さんに話したいこと、たくさんある。漫画のこと。学校のこと。五十嵐くんに言われたこと。市ヶ谷くんの、こと。お母さんのことはまだ聞きたくないかもしれないから、今日はやめておいて——。

頭の中でシミュレーションしながら、心臓がばくばくしてくる。

大丈夫。だってわたし、お父さんの子どもだもの。

最寄り駅で降りて、お父さんの住んでいるアパートへ向かう。

歩いて五分ほどで到着したお父さんの部屋を見上げると、タイミングよく扉が開いた。躊躇っていると声をかけられなくなりそう。

息を吸い込む。お父さん。そう呼びかけようとして、口が、お、の形のまま止まった。

お父さんに続いて誰かが出てくる。きれいな女の人。その足元に、かわいい女の子が絡み付いている。人間の、女の子。

お父さんと女の人は笑い合いながら歩いてきて、自然と女の子を間に挟む。三人は当たり前のように手を繋いだ。

——恥ずかしいから。

お父さんと、最後に遊園地に行った日。

わたしが差し出した手を、お父さんは取らなかった。

恥ずかしいから。そう言って、本当に照れくさいかのように眉尻を下げて笑った。

わたしはその時、とても寂しかったけれど、お父さんの照れたように笑う顔が好きだったから。その顔をわたしがさせているんだと思ったら、誇らしくさえあった。「恥ずかしい」の、本当の意味も知らずに。

お父さん。その子とは手を繋げるんだね。その子と手を繋ぐのは、恥ずかしくないんだね。

お父さん。幸せなんだね。一人ぼっちじゃ、ないんだね。

よかったね。お父さん。

今日は遊園地に行くぞー。やったー。迷子にならないようにね。お父さんと手を繋いでるから大丈夫だもんなー。

三つの幸せそうな声が、蟬と輪唱する。

耳にこびりついて、帰りの電車の中でも離れなかった。

家に帰るとお母さんがいた。

今日早番だったんだ。今日に限って、なんで……。

「あら、ミラちゃん。お買い物早かったのね。何買ってきたの？」

お母さんの顔を見たら、我慢していたものがあふれてしまった。

見開かれるお母さんの目。白目のある人間の目。お母さんの、嘘。

「お父さん、新しい子どもができてたっ……」

お母さんが、はっと息をのむ。

その表情で、すべてを理解した。

そうだったんだ。

お母さん、知ってたんだ。

「ちゃんと、指がまっすぐでっ、左目もっ、白目がちゃんとあって、耳が尖ってない、ちゃんとした、人間のっ――」

お母さんがわたしを掻き抱く。

「ごめん。ごめんね。ミラちゃん」

ごめんね。ごめん。ごめんなさい。ミラちゃん。かわいそうに。お母さんのせいで。

――劣等感感じない？

五十嵐くんの言葉が脳裡によみがえる。耳元で、お母さんの泣きじゃくる声。鼓膜の奥で、幸せそうなお父さんの笑い声。

エイリアンなのに。劣等感。そんな見た目なんだから。お母さんのせいで。かわいそう。かわいそう。

そうなの？

わたし、かわいそうなの？

全部の声がマーブル模様のように混ざり合って、うるさい。頭が割れてしまいそう。

——きれいだよ、山田さんの目。宇宙みたいできれい。

市ヶ谷くん。市ヶ谷くん。

わたしもう、市ヶ谷くんの声だけ聴いていたい。


市ヶ谷くんと早見さん、ついに付き合ったんだって。

その噂(うわさ)は彗星(すいせい)の如く校内を駆け巡った。

早見さんが告白したらしい。バレバレだったよね。市ヶ谷くんもやっぱり早見さんのこと好きだったんだね。なんだかドラマみたい。

篠突(しのつ)く雨のように刺してくるクラスメイトたちの噂話。

しゃー、しゃー。シャープペンの線が、ノートの上で歪(ゆが)む。

はよー。市ヶ谷くんが教室に入ってくる。噂話をぴたりとやめて向日葵に群がる、陽気な蜜蜂たち。

あんなに聞きたかった市ヶ谷くんの声なのに、今は一音一音胸に突き刺さって痛い。

楽しそうであればあるほどつらくて、そんな自分が心底いやになった。

線が、歪むどころかぐにゃぐにゃに曲がって見える。

線が歪んでるんじゃや、ない。視界が歪んでるんだ。

慌てて席を立つ。逃げるようにして教室を出る。

息ができるところまで行かなくちゃ。早く、早く。

廊下の角を曲がったら誰かの肩にぶつかった。その拍子に、ノートもシャープペンも勢いよく散らばる。

「ごめんなさいっ」

慌ててしゃがんで、シャープペンを拾う。

お父さんがくれた最後のプレゼント。絵も勉強も頑張りなさいって。そう言ってくれた、最後の。

だから、ノートは後回しにした。してしまった。

変なふうに曲がった指が拾い上げる前に、きれいな直線の指がノートを拾い上げる。

早見さんだった。

しまった、と思ったときにはもう遅かった。ノートは落ちた拍子に開いてしまっていて、そこには向日葵の笑顔が広がっている。

早見さんは、しばらく呆然と絵を見下ろしていた。それから、ふ、と小さく笑って、

「上手だね」

そう言った。

萎れたガーベラ。どこか物悲しげな、そんな表情。

かわいそうに。そう言われた気がして、ふんだくるようにしてノートを取った。

走って、走って、走って。

気付いたら体育倉庫の裏にいた。

こんなに走って、暑くて。心臓もばくばくしているのに。それでもわたしは汗をかけない。人間じゃない。

息を整えてから、のろのろとノートを開く。白の眩しさが、いっきに目を突き刺してきた。

早見さん、気付いただろうか。わたしが市ヶ谷くんを描いてるの。

気持ち悪いだろうな。いやだろうな。わたしみたいなのが自分の彼氏の絵なんて描いていたら。

シャープペンを握って、線を描く。人間を描いているはずなのに、誰を描きたいのかわからない。

そういえばわたし、エイリアンって描いたことない。

五十嵐くんの本当の姿を見たとき。お母さんの本当の姿を想像したとき。この血が、わたしの中に半分流れてる。そう実感したとき。

どうして全部人間の血じゃないんだろう。そう思った。思って、しまった。

劣等感。

なんだ。わたし。無意識に劣等感、感じてたんだ。

だからわたし、お父さんが人間の子どもと手を繋いでいるときも。市ヶ谷くんが早見さんと笑い合っているときも。

嫉妬で、頭が狂いそうだったんだ。

市ヶ谷くん。

市ヶ谷くんも行ってしまうんだね。お父さんみたいに、いなくなってしまうんだね。

市ヶ谷くんも、ずっとわたしと一緒には、いられないんだね。

ぽたぽた、じわじわ。ノートに涙がしみる。

どうしてわたしの左目には白目がないの。どうしてわたしの指は変なふうに曲がってるの。どうしてわたしの耳はこんなに尖ってるの。どうしてどうしてどうして。

どうしてわたし、みんなと違うの。

ノートの上はぐちゃぐちゃ。今のわたしの心と同じ。黒い糸が絡まって、もうほどけない。

市ヶ谷くんと同じだったら、わたし。

わたしだって、あなたが好きですって。

そう、伝えられたのに。

わたしの中の感情の塊が熱を帯びる。

この体ごと消えてしまえたらいいのに。

このまま爆発して、わたし。

体育倉庫の裏には行かなくなった。

たぶん、市ヶ谷くんももう行ってない。だって、早見さんとお付き合いしてるんだから。

一緒にいたい人間がいるんだから。わざわざエイリアンのわたしになんて、会いに来るはず、ない。

「あ、山田さん」

ぽっと花が咲いたような声に呼び止められて、神経が強張る。

駆け寄って来た市ヶ谷くんは、小声で耳打ちした。

「最近あそこ来ないね？　やっぱり暑いから？」

それを聞いて、少なからず驚く。

市ヶ谷くん、まだ行ってたんだ。

思わずうれしくなってしまう。だけど、そのすぐ後で萎れたガーベラの目を思い出した。

うん。そうなの。最近暑くて、とても外にいられなくて。だから、ごめんんね。

そう言って誤魔化せばいいのに。そう言ってしまったら、素直な市ヶ谷くんは、そっか、じゃあしかたないね、って。あっさり立ち去ってしまう。いなくなってしまう。

行かないで、市ヶ谷くん。

「だって……わたしたち、違うから」

聞こえるか聞こえないかくらいの声量。

市ヶ谷くんはそれを、一つ残らず掬い上げてくれた。

「違う？　おれと山田さんが？」

「………」

「違うって、何が違うんだ？」

「………」

「山田さん？　どうかした？　何かあった？」

首を振る。大きく。

わたし、市ヶ谷くんにこんな顔させたかったんだっけ。

わたし、市ヶ谷くんの向日葵みたいに笑うところ、好きだったのに。

ぱっと顔を上げる。笑顔をつくるって難しい。

「ごめん。そうなの。最近暑くて。とても外に、いられなくて」

「…………」

「だから、あの、ごめ――」

「山田さん」

ぴしゃりと遮られて体がびくつく。

恐る恐る見上げた市ヶ谷くんは、少し怖いくらい真剣な顔をしていた。

「ごめん。おれそういうのうまく察せない。でも、話してくれたらわかるから」

まっすぐに見つめてくる、市ヶ谷くんの漆黒の目。

市ヶ谷くんの目のほうが宇宙みたい。吸い込まれそう。

「だから教えて」

市ヶ谷くんの顔が、ぶわぶわぼやけていく。

「一人で泣かないで」

一人きりで泣いたときとは、違う温度の涙。

宇宙からぼろぼろ滑り落ちた。

体調が悪いようだと先生に断って、市ヶ谷くんはわたしを保健室へ連れて行ってくれた。

わたしの手を、市ヶ谷くんは躊躇わずに取る。

お母さんが隠しなさいって言った手。お父さんが繋げなかった手。

養護教諭不在の保健室は薄暗かった。蟬の声も遠い。

ベッドに横たわったわたしのそばに、市ヶ谷くんは椅子を引いてきた。チャイムが鳴っても戻る気配はない。

どこから話したらいいか。何を話したらいいか。

考えれば考えるほどわからなくなって、刻一刻と時間が過ぎていく。

市ヶ谷くんは校庭を見つめていた。水平線を見ているような、そんな目で。

その横顔を見ていたら、不思議と心が凪いできた。

「お父さんね、新しい居場所ができてたの」

一つ零(こぼ)れてしまえば、あとははらはら綻んでくる。

「わたしね、お父さんは今でもずっと一人で、わたしみたいに居場所を探して苦しんでいるんじゃないかって、そう思ってた。だから、いつかお父さん、寂しくなって、お母さんの嘘をゆるして、帰ってきてくれるんじゃないかって、そう思ってたの」

蟬の声が近くなる。はしゃぐ子どもの声と、輪唱。しっかりと繋がれた手と手。お父さんの笑顔。

「でも、違った。わたしはもう、お父さんの居場所じゃなかった。最初から違った。お父さんはわたしのこと、自分の居場所だなんて思ってなかったんだ」

次に近くなったのは、お母さんのせぐりあげる声。

「お母さんはね、いつもわたしに謝るの。ごめんね。ミラちゃんごめんね。わたしのせいでつらい思いさせてごめんね、って。でもね、わたし、お母さんに謝られるたびに……あなたを産んでしまってごめんね、って。そう言われてる気がして」

市ヶ谷くんの呼吸が、一瞬止まった気配がした。

「わたし、ここにいちゃいけないのかなって。じゃあ、どこに行けばいいのかなって。お父さんともお母さんとも一緒にいちゃいけないなら。人間でもエイリアンでもないわたしは、どこに行けば留まれるのかな。わたし、わたしの居場所、ない。この宇宙、どこを探しても、ないの」

遠い蟬の声。クーラーの稼働音。沈黙。

長い空白の後、「ごめん」。

絞り出すように市ヶ谷くんは言った。

「せっかく話してくれたのに、ごめん。おれ、山田さんの気持ち、わからない。わかってあげられない。その苦しみはきっと、山田さんにしかわからない。おれにはわかってあげられない。わかったふりも、したくねえ。

だけど、わかってあげられなくても、知ることはできる。山田さんがそういう苦しみ抱えてるって。それでも懸命に生きてるって。

だから、知れてよかった。教えてくれてありがとう。もう、一人で抱え込まなくていい。一人で苦しまなくていいから。おれに半分ちょうだい。これからは全部一緒に考えよう」

市ヶ谷くんの言葉、一つ一つ。心に溜まった澱を溶かしていく。

涙がとめどなくあふれて、こめかみを伝う。優しく濡れるドーベルマンの耳。

「おれもさ、逃げてきたんだ。あの体育倉庫の裏」

静かに語る市ヶ谷くんの声は、ひっそり咲く夕暮れの向日葵みたい。

「おれ、よく笑うしよく喋るし、食うし。まあ、それは関係ないけど。とにかくいつもへらへらしてるから、たまーに変ないじられかたするんだよ。こいつになら何言っても大丈夫って。笑ってるから気にしないだろうって。そう思われてるんだなってわかる。雑に扱ってもいいやって。

　だから、たまにそういう自分に疲れて、一人になりたいときあんの。人が寄ってきてくれんのはうれしいし、楽しいし、取り繕ってるつもりもないのに。たまに、全部がめんどくさくなって、ほっぽりだしたくなる」

初めて見る、自嘲するような笑い方。

「軽蔑した？」

大きく首を横に振る。

いつだったか、夜の向日葵を見たことがある。眠っているように頭を項垂れて、少し窶れた顔をしていた。

向日葵も疲れるんだ。そのときそんなふうに思ったんだ。

「朔」

「……へ?」

頬杖をやめて、市ヶ谷くんが戸惑った顔をする。

「あ、いや、ごめん。その、名前を呼んだわけじゃ、なくて」

「あ、ああ。そう」

突然下の名前で呼ばれて驚いたみたいだ。心なしか頬が赤い。

「わたし、あの、エイリアンだからかな。星とか月が、好きで」こっちまで照れくさくなって早口になる。「朔って月に関係した名前なんだよ。月と太陽が同じ方向にあって、地球からは見ることができない新月のことを、朔っていうの」

市ヶ谷くんが感心したように、へえっ、と声をあげる。

「そうなのか。そう言われてみれば漢字に月が入ってるな」

八朔の朔だと思ってた。ほら、おれ食いしん坊だから。いつもの市ヶ谷くんらしく、そんなことを付け足す。

「だから、市ヶ谷くんにもみんなから見えない部分、あっていいと思う」

満開の向日葵も、咲くことに疲れて眠る向日葵も。

「どんな市ヶ谷くんも、市ヶ谷くんの大切な一部でしょ？」

そう言うと、市ヶ谷くんはぐっと唇を結んで視線を彷徨(さまよ)わせた。今にも泣き出してしまいそう。

市ヶ谷くんは、少し大人びた表情で笑った。

「山田さんの居場所。おれがなれたらいいのに」

ぽつんと呟かれたその声が、鼓膜に浸透していく。

賑(にぎ)やかな蟬の歌声も、お父さんの笑い声も、五十嵐くんの言葉も、お母さんの泣き声も。

ほろほろ全部溶かしていった。

高校に入って初めての三者面談日。

お母さんと一緒に教室の前で順番待ちをしていると、目の前を通る生徒や先生にまで盗み見をされる。

去っていく二人組の女子生徒をちらりと見やる。二人は顔を寄せていて「なんだ、お母さん普通じゃん」、そんなふうに言われているような気がした。

「ミラちゃんのお友だちはもう帰っちゃったのかしら」

お母さんの耳打ちではっと我に返る。

「どうかな。わかんない」

「そう。残念ね。ご挨拶したかったんだけど」

わたしは曖昧に笑い返した。

早く帰りたい。三者面談って高校生活の中であと何回あるんだろう。

「あれ？　ミラ？」

その声に、俯かせていた顔を上げる。

五十嵐くんだった。

五十嵐くんは、わたしの隣に座ったお母さんを無遠慮に見つめてきた。

「あ。お、お母さん。この人、お友だちの五十嵐くん」

お母さんは、あら、と目を瞬かせて椅子から立ち上がった。

「ミラの母です。いつもミラと仲良くしてくれてありがとう」

お母さんは深々と頭を下げる。まるで、会社の人に頭を下げているみたい。

五十嵐くんはそんなお母さんに戸惑いながらも、笑顔で丁寧にお辞儀をしてくれた。

「ミラはね、その、あなたとはちょっと違うんですけどね。根がとっても優しい子なんですよ」

「お母さん」

「エイリアンっていっても、みんながみんな危害を加えるような存在じゃないんです。それに、この子は半分人間ですし。完全体ではないのでね」

最後の一言に心臓が冷える。それじゃあまるで、完全なエイリアンが悪者みたいだ。

五十嵐くんは完全なエイリアンだ。どうしよう。お母さん、そのこと知らないから。

そろりと見上げた五十嵐くんは、笑っているのに無表情だった。こんなふうに言われるのは慣れている。大事な何かを諦めきった、空っぽな目をしている。

お母さん。わたしのまもりかた間違えてる。そんなふうに言ったら、五十嵐くんだって、お母さん自身だって傷つくのに。

「お母さんっ。もういいから」

その時、視界の端に見慣れたシルエットが映った。

心臓がどっと胸を突く。

市ヶ谷くん。市ヶ谷くんが、友だち数人と一緒に廊下の向こう側から歩いてくる。

「この子には苦労かけてしまって。親として本当に申し訳ないと思ってるんです。この見た目でつらい思いをさせてしまって、ほんと」

やだ。やだ。やめて。市ヶ谷くんに聞こえちゃう。

お母さん、やめて。もう、やめてよ。

感情の塊がぐんぐん熱くなっていく。今にも破裂しそう。息ができない。

わたしの異変に気付いたのか、市ヶ谷くんが駆け寄ってくる。

お母さんが、さらに口を開こうとした。

「やめてっ」

ぱんっ。

わたしの中で何かが爆ぜる音がした。

しんとする廊下。視界に映る、すべての動きが止まる。

「お母さん。おねがい。わたしのことを、そんなふうに謝らないで」

お母さんが目を瞠(みは)った。

「わたし、誰に嗤われてもいい。憐(あわ)れまれてもいい。お母さんに、かわいそうな子って思われてても。悲しいけど、それでもいい。

だけど、わたしの前で、わたしをかわいそうって言わないで。だってわたし、かわいそうじゃない。お母さんが思ってるほどわたし、かわいそうじゃないの」

前髪を上げる。お母さんに隠しなさいって言われた目。市ヶ谷くんが、宇宙みたいできれいって褒めてくれた目。

初めて両目で見る校内は、大きくて広くて、怖い。たくさんの視線と空気が見える。

だけど、両目で真正面から見る市ヶ谷くんは、はっとするほど美しい。凜(りん)と太陽に向かって伸びる、大輪の向日葵。

「この目ね、大好きな人が宇宙みたいできれいって褒めてくれたの。それからわたし、この目を見るのがほんの少し好きになった。そういう言葉をかけてくれる人が、わたしのそばにはいるの。

　わたしは、わたしの中にそういう言葉だけ溜めていきたい。もっともっと、自分を好きになりたいから。お母さんや友だちが大切にしてくれてるわたしのこと、もっともっと、好きになりたい」

　じわじわと開いていく向日葵の花。

　市ヶ谷くんが笑ってくれるだけで、わたし。

「だから、その邪魔をしないで。大好きなお母さんがそれをしないで。わたし、わたしは、わたしをもっと好きになれるんだからっ」

　しゅーしゅー。爆ぜた塊が煙をあげる。宇宙が膨張していく。わたしの中の宇宙。もっともっと、広がっていく。

　ぐわっと伸びてくる大きな手。

　がしっと頭の上に乗って、そのままぐしゃぐしゃ撫でられた。

「よく言えたな」

　流れ星のように降る優しい声。

「えらい、えらい」

流星群みたいに涙が落ちる。

「おれも山田さんが好きだよ」

よく言えたな、えらいえらい、いい子いい子。

市ヶ谷くんのぬくもりが温かくて、うわあああん、って、子どもみたいに泣いた。お父さんやお母さんの前でも、こんなふうに泣いたことない。

市ヶ谷くん。市ヶ谷くん。

わたし、初めての恋が市ヶ谷くんで、本当によかった。

「市ヶ谷くん、ごめんね」

市ヶ谷くんがきょとんとする。本当にわからないときにする顔。

そうか。違う。そうじゃ、なくて。

「ありがとう」

そう伝えると、市ヶ谷くんはやっぱり向日葵が咲くみたいに笑った。


地球が夏を葬ろうとしている。体育倉庫の裏へ向かう道すがらで、蟬がお腹を出して天寿を全うしていた。

いつものコンクリートに腰を下ろして、ノートを開く。シャープペンとヘアピン。ヘアピンで前髪をぎゅっと留めた。

「前髪は切らないんだな」

　夢中で描いていた手が止まる。

　市ヶ谷くんが、ちょうどわたしの隣に腰かけたところだった。

「やっぱり、市ヶ谷くんみたいな人ばかりじゃないから」

　笑ってそう答える。

　初めてここで会ったとき、同じ言葉を市ヶ谷くんに返した。だけど、あのときとは少し違う。同じ言葉なのに、すとんとまっすぐお腹に落ちる。

「自分と違うものを怖いと思う気持ちも、受け入れられる気持ちも、どっちもあっていいと思う。人の感情に、正解なんてないから」

　絵を描くのを再開しながら言う。

　お父さんがくれたシャープペンを握る、人間と違う形の手。お父さんが繋げなかった手。市ヶ谷くんが触れてくれた手。

「だから、お父さんがわたしに手を差し伸べられなかった気持ちも、否定しないであげたい。悲しいし、寂しいけど。それも、お父さんの大切な一部だから。だけど――」

　市ヶ谷くんを見る。

　市ヶ谷くんは、目を細めてわたしをみまもってくれていた。

「この目をまっすぐ見て、この手を取ってくれる人の前では、もっと堂々としていようって。目も、手も、耳も、心も。包み隠さないで、少しずつでいいから見せてみようって。今はそう思ってるの」

お母さんは、あれから謝らなくなった。だけど、きっとまだ心のどこかでわたしをかわいそうだと思っている。

それでもいい。それも、お母さんの愛情の一部だから。いつか、お母さんがそんなこと気にならなくなるくらい、わたしはわたしを楽しく生きたい。

「市ヶ谷くんのおかげ。本当にありがとう」

市ヶ谷くんは、きょとんとした後で眉をハの字にして笑った。

「おれはべつに何もしてねえよ。思ったことそのまんま言っただけ」

「だからうれしいんだよ。ありがとう」

市ヶ谷くんはお礼を言われるのが少し苦手みたいだ。口がへの字に曲がって頬がじわじわ赤くなっていく。

ところで、と、市ヶ谷くんは誤魔化すように咳払い(せきばら)いをしてわたしのノートを指差した。

「ほんと、いつ読めんの？　山田さんの漫画」

「あ、いや。そうだよね。ええっと」

「っていうか、どういう話描いてんの？」

「あ、これは、その」ノートをぱらぱら捲る。「恋愛漫画、かな」

れんあい。市ヶ谷くんは覚えたての言葉を復唱する子どものように、もたもた舌を動かした。

「恋愛かあ。おれの一番苦手な分野だ」

「苦手、なの？」

「ああ。さっぱりわからん」

その言葉通り、もうお手上げって感じで市ヶ谷くんは空を見上げる。あ、あの雲イワシみてえ。そう呟く。

「早見さんに、こく、告白されたって」

なんてことないふうに言おうとして失敗する。

市ヶ谷くんは、ああ、と少し驚いてみせた。

「よく知ってんね」

「だって、噂になってたし。二人がつ、付き合ったって」

「あーそれなあ。それには優里も驚いてた。ほんと、なんでそんな嘘の噂が流れたんだ？」

眉根をぎゅっと寄せて市ヶ谷くんは首を傾げる。

付き合っているというのが誤報だということも、あっというまに校内を駆け巡った。

どうやら告白の現場で抱き合っていたように見えたのが、本当は抱き合っていたんじゃなく、フラれて泣いた早見さんを市ヶ谷くんが慰めていたんだとか。

しょげたガーベラのような目をしていた早見さん。もしかしたらわたしの絵を見て憐れんだのではなく、フラれたことを思い出してしまっただけなのかもしれない。

好きな人に好きだって伝えられるの、すごいな。だって、隣にいるだけでこんなにドキドキしちゃうのに。人間かエイリアンかなんて関係ない。人間である早見さんだって、自分の気持ちを伝えるときは勇気がいるはずだ。

やっぱり早見さん、憧れちゃうな。

「恋ってどういうんだろうな」

「恋かあ」

市ヶ谷くんをモデルにしたヒーローの髪を描き足していく。ふわふわにすると見せたときにバレそうだから、真逆の直毛に修正した。

「楽しいこともうれしいこともたくさんあるけど、そればっかりじゃないよね。胸が苦しくてたまらないってときもある」

「胸が苦しい？」

「うん。でも、それ以上の何か、勇気とか愛情とか。醜さ、なんかも。恋じゃないと芽生えない特別な感情が、きっとあるんだと思う」

市ヶ谷くんに恋をして、わたしはわたしの世界を変えた。これからもきっとそうなんだろう。世界が変わる、なんて。未知ですごく怖いけど。冒険に出る前の晩のようなわくわくもある。恋って不思議。

「胸が苦しいかあ。胸が苦しいなんておれ、とんかつの食い過ぎでしかなったことない」

「とんかつの食べ過ぎ」

声に出して、ふふ、少し笑っちゃう。なんだか市ヶ谷くんらしい。

すると、市ヶ谷くんが急に黙り込んだので、不思議に思って手を止める。

市ヶ谷くんが、穴があきそうなくらいわたしを見つめていてぎょっとした。

「なっ、なにっ？」

「なんで知ってんの？」

「へ？」

「恋が苦しいもんだって。なんで山田さんは知ってんの？」

「えっ。あー、いや、それはっ、そのー」

しどろもどろになるわたしを、黒目の宇宙がじっと射貫く。

「なんかおれ、山田さんが恋は苦しいっていうのを知ってるのを知って、胸が苦しいんだけど」

「………」

わたしが恋は苦しいっていうのを知ってるってことを市ヶ谷くんが知って市ヶ谷くんの胸が——。

「え？　ど、どういうこと？　情報が多すぎて意味が」

「山田さん、好きなやついんの？」

「えっ。いやっ」

「最近五十嵐くんと仲良すぎじゃない？」

「え、ああ。漫画もいいけど勉強も大事だよって、勉強教えてもらってて」

「ふうん……おれもミラって呼んでいい？」

「え？　う、うん。もちろん」

快諾すると、市ヶ谷くんは満足げに微笑んだ。ミラ。ミラっていい名前だな。きれい。

ひとり言のようにそう呟く。

朔もきれいだよ。わたしも朔くんって呼びたいな。なんて。

「秋の空って見てると腹減るな」

「そうだね」

「今度一緒に魚食いに行こっか」

「う、うんっ。行く」

「とんかつでもいいな」

風にのって、金木犀のほのかな香り。隣には、少し憂いを帯びた向日葵。

わたしの中の感情の塊は、決して消えたわけじゃない。これからもきっと、消えることはない。

だから、たまには心を休めて。少しずつ、吐き出させてあげて。

この小さな宇宙を救ってあげたい。あなたがしてくれたように。

「恋って、とんかつと同じ成分なのかもな」

「ええ？　うーん、どうかなあ」

違うと思う。

形の違うわたしたち。

今日も同じ星の下、もがきながら生きている。

キスの魔法はアイシャドウ

白妙スイ

赤いアイシャドウにさよならを

すべての終わりは赤いアイシャドウだった。

そのあと私の目が腫れてしまったのを強調するかのようだった、と思ったものだ。

秋の午後、駅前のカフェ。

目元が赤く腫れた私は独りきりだった。

思い出したくもない、と思いながら、ずず、とホットカフェラテをすする。同時に、ぐすっと鼻まで鳴ってしまった。

私は失恋した。

一応、付き合っていた男に振られた、というのが一番シンプルな説明だ。

まだ、たった一時間たらず前の出来事である。

付き合うことになった最初から、なんだかしっくりこないなぁとは思っていた。彼は私の格好があからさまに不満だったようだから。

別に派手とか、露出が多いとか、そういう格好を好んでいたわけじゃない。

けれど仕事が接客業であることもあって、オフィスカジュアルなんてものは滅多に着なかった。明らかに女の子ウケするような、かわいい柄のワンピースや膝丈スカート。それが毎日の仕事着。

仕事が若い女の子向けブランドの店員なのだ。

私はそろそろ二十代の半ばを過ぎる年頃だけど、このブランドは大学生くらいの子や、ちょっと背伸びしたい高校生なんかがターゲット。必然的に、やや幼い感じのスタイルが仕事着になっていたのは否めない。

さらに、そんな服装に合うようなメイクもほとんど毎日していた。

まつ毛はまつエクをした上に、マスカラは濃く長く、くるっとカールするように。

アイライナーは黒や茶色でくっきりと。

リップも赤やピンク、オレンジなどで、上からグロスを重ねてぽってりさせる。

そしてこの終わりのきっかけになったアイシャドウも勿論（もちろん）、毎日なにかしらのカラーがついたものを使っていたのだ。

定番であるベージュやブラウンのほかにも、グリーン、ブルー、ピンクなど。

派手ではないはずだった。落ち着いたトーンを選んでいたし、主張しすぎない控えめな使い方をしていた。

かわいらしいけど派手すぎない。

まだ若い女の子の好みをそのまま表したようなメイク。

けれど彼にとっては、そんな服もメイクも、まったく魅力的ではなかったのだろう。

彼が私の格好を褒めてくれたのは、ほんの数回しかない。

そのときだって「オシャレじゃん」とか「ワンピース、カワイイね」とかその程度。本音でなかったのは明らかだった。

嫌なふうにいえば、ただの建前や口説き文句だったのだろう。

休日に彼とデートをするときは意識して、落ち着きのある大人の女性らしい服を選んだ。メイクも控えめに、ナチュラルに見えるようにした。

けれど仕事上がりに会うときはどうしようもなかった。服を全部着替えて、メイクもやりなおして、なんてしていたら夕食を食べる時間だってなくなってしまう。

そしてそういうときが一番、彼の反応は良くなかったのだ。

それでも好きだったから。合コンでの一目惚れなんて、つまらないスタートだったけれど、確かに好きだったから。

彼の好みになろうと努力した。好みの女性になれば、きっと心からかわいいと言ってくれるだろうし、もっと好きになってくれるだろうと思った。

けれどそれは叶わず、それどころか、多分もっとちぐはぐになっていった。

その結果がこの別れなのだろう。

「お前、派手すぎ。なんで目の回りが赤いんだよ。腫れてるようにしか見えねぇし」

捨て台詞のその言葉は私の心に突き刺さった。

お気に入りの赤いアイシャドウ。そんなふうに思われていたなんて。

あたたかいカフェラテの表面をじっと睨みつけた。

ここまで零してきた涙が、もう零れないように。

ダメだ、思い出しちゃ。

いいんだ、あんな男、忘れちゃえ。

私とは合わなかっただけなんだから。

大体、別れる女相手にそんな捨て台詞吐くなんて最低じゃん。

意識して自分に言い聞かせる。

そんなふうに思っても、傷ついた心が即座に治るはずはない。好きだった気持ちまで否定できないから。

そういうところは女友達によく「優しいね」と言われるのだけど、今はあまり役に立たないようだった。

どのくらい引きずってしまうだろうかと思うと、だいぶ憂鬱だった。私は割合、ものごとをうじうじと長いこと抱えてしまうタイプだから。

はぁ、とため息をついた。そろそろ帰ろうと思う。

カフェラテも、もう底のほうに少ししか残っていない。

今日は嫌な夢を見てしまいそうで、そしてまた涙してしまいそうで、それもまた私の心を憂鬱にする。

席を立ち、お会計をするために入り口のレジへ向かおうとしたのだけど、そのとき。

「あの」

うしろから不意に声をかけられた。若い男性の声だった。

え、なに。

低音でやわらかなその声音に、ちょっとどきっとした。

おまけに振り返って、もう一度どきりとした。

カフェラテのような、ふわっとやわらかそうな薄いベージュの髪をした若い男性。

微笑を浮かべている彼は、大層見た目が良かった。

こんな格好いいひとが、一体どうして声をかけてきたのか。

なんの用事か聞こうと思ったところで、あちらから先に手を出された。

「これ。落としたろ」

「……え。あ」

　落とした？

　つられて彼の手を見ると、そこにあったのはピンクのハンカチだった。フチにちょうちょの刺繍（ししゅう）があるそれは、お気に入りのもの。

　バッグに入れていたはずだけど、入れ方が浅かったのか、ぽろっと落ちてしまったのかもしれなかった。

「あ、は、はい。私のです……」

　手を伸ばそうとして、でも止まってしまった。お礼が先だろう。

「ありがとうございます」

「いいや」

　彼はにこっと笑った。気にしないでくれ、とその笑顔だけで伝わってきた。

　きっと社交的なのだろう。人好きのする微笑（ほほえ）みだった。

　優しそうな笑顔に、私の胸がとくりと高鳴る。

　こんな格好いいひとに微笑みを向けられれば、誰だって。

　きっと同年代だろう。二十代半ばくらい……まだ若い。けれど子どもではない。

　着ているものも洗練されていた。

　もうすっかり秋なので、黒いジャケットを着ていた。ぱりっとしていて、手入れがいいとわかる。

その中は……ベストだろうか、セーターだろうか。色はやわらかなグリーン。立って向かい合っているので、下はよく見えないけれど、暗い色のシンプルなズボンを穿いているようだ。

どきどきしながら手を伸ばして、ハンカチを受け取ろうとしたけれど、そこで彼が、ちょっと変わった声を出した。あれ、とか、そういうものを口の中で呟く。

なんだろう、と思ったけれど、理由はすぐにわかった。

「わり、汚しちまったかな。書き物してたから……」

え？　汚した？　どこを？

不思議に思って、ハンカチをよく見てみる。

落としたときに広がってしまったのだろう。そして彼は私が店を出てしまわないうちにと、急いで拾って差し出してくれたので、綺麗に畳んであるはずもなかった。

その差し出されたハンカチ。はしっこがほんのり赤く染まっていた。

これかな。

思ったけれど、直後、かっと顔が熱くなった。書き物のペンかなにかで汚れたなんてとんでもない。

「あ……これは……」

アイシャドウ。
今となってはもう憎らしい、赤のアイシャドウ。
この店に来る前、一人でわぁわぁ泣いたとき、ハンカチで拭った。そのときについて
しまったのだろう。
くっきりハンカチについてしまったくらい、色を乗せていたアイシャドウ。
こんなに塗ったから振られたんだ。なんて思って、もっとわんわん泣いてしまった、
ほんの一時間ほど前のこと。
そんなみっともないハンカチを、格好いいこのひとに見られてしまったなんて。
私の動揺と、もしかしたら顔を赤くしたのも見られてしまったかもしれない。
「ん？　……あ。悪い」
彼は不思議そうな顔をした。
けれどそれは一、二秒しか続かなかった。
なにかに気付いた、という顔をする。
どうもそれがコスメの類、アイシャドウだとわかったかはわからないけれど、そうい
うものがついた汚れだと気付かれてしまったようだ。
だから少し気まずそうな顔をして「悪い」と言ってくれたのだろう。
どこから気付かれたのかはあまり知りたくない。

崩れたメイクか、腫れてしまっていた目元か、涙のあとか。

「す、すみません。ありがとうございました」

なんて目ざとくて、おまけに気の回るひとなのだろう。

恥ずかしいやら、気を使ってもらえて嬉(うれ)しいやら。

おかげでちょっとだけ心が軽くなったような気がした。

「お気に入り、だったんです」

少し無理をしたものだったかもしれないけれど、微笑むことができた。

ハンカチをコスメで汚してしまった理由なんて、簡単には言えない。

でもこのひとは、どうやらこういうことを察するのがうまいようなので、それに甘えてしまう形にはなるけれど言った。

「でも、もう新しいのを買いますね」

赤いアイシャドウなんてもう見たくない。

それがついたハンカチだって同じことだ。

アイシャドウもハンカチも、帰ったらもう捨ててしまおう。

ある意味、決別するのにちょうど良いかもしれないじゃないか。

そう思った。

「それじゃ困るだろうに」

しかし彼はよくわからないことを言った。

困るって、ハンカチなんてそのへんでいくらでも売っているじゃない。

私は思った。

なんならカフェの真ん前にある、大きめのショッピングセンター『PARCA』でだって、適当なものならすぐ手に入るだろう。

きょとんとしてしまったけれど、そんな私に彼は何故か微笑んだのだった。

「新しいハンカチ、プレゼントさせてくんないかな」

私はもっと、きょとんとしてしまった。

プレゼント？　新しいハンカチ？

どうしてこのひとが、私にプレゼントなんてしてくれるのだろう。

ただ偶然同じ店にいて、それ以上の関係を挙げるとしても『落とし物を拾ってくれたひと』にすぎないのに。

けれど彼は、なにもおかしなことなんてしていません、という顔で、もっと顔を崩す。

「これもなにかの縁だろ。俺、ちょうど『PARCA』に用があったんだよ。ついで、ついで」

そして私はそのまま、流れるようにお会計を済ませて、彼に店の外へと連れ出されてしまったのだった。

夕方になった駅前のロータリー。

秋のほわっとしたやさしい色の夕焼けが満ちていた。

緑のハンカチで涙を拭い

「ありがとうございましたー」

お会計を終えた彼に、ショッピングセンターの店員は丁寧なお辞儀をした。彼は「こちらこそ」と律儀に言いながら、綺麗な紙袋をカウンターから取り上げた。

あれから彼は私を連れて、さっさと一階の婦人小物売り場へ行き、少し見回しただけでひとつのブランドのコーナーへ落ちついて、いくつか手に取った。

そしてほんの三分ほどで「これ、どう」なんて差し出してきた。

それはグレーがかったグリーン、マカロンカラーと呼ばれるやわらかな色合いをしたタオル地のハンカチ。フチには白いレースがついている。かわいらしい一枚だった。的確だった。

彼が向かったコーナーは、今まで私がよく目を留めていたブランドだったのだから。

ハンカチ自体だって、私の好み、ど真ん中だった。一体どうして。

いや、ストーカーなどではないなら、私の服、持ち物、メイク、髪……そういうものから推察したのだろうけれど、それにしたって出来すぎではないか。

私はもう、嬉しいのも通り越して、ぽぅっとするしかなかった。

これほど優しくしてもらったことはなかった。

男のひとからは余計に、だ。

一階のエスカレーター近く。いくつか椅子が並んでいるところで、彼は私に「どうぞ」と軽い口調で言い、ハンカチが入った紙袋をくれた。

紙袋からして洒落(しゃれ)ていた。エナメル調の、やはりマカロンカラーのピンク色。そこへベージュのリボンが結んである。

軽い気持ちで「なにかの縁」と渡してくるには素敵すぎる〝プレゼント〟だ。

けれど嬉しいことに変わりはない。とくとくと鼓動が速くなってくる。顔も赤くなったかもしれない。

なんて優しいひとなんだろう。

気が利くからではない。

見た目が格好いいからでもない。

泣いていた私を気遣ってくれた。おそらく恋愛関係でなにか嫌なことがあったのだと悟られてしまったのだろう。悲しい気持ちから助けてくれたようなものだ。

「あ、ありがとう……ございます」

私は手を出して、そのピンクの袋を受け取った。ちょっと手が震える。

こんな綺麗な贈り物。

軽い紙袋なのに、あったかいものがたくさん詰まっているように感じてしまった。

「どういたしまして」

彼は「もう泣かないで」とか「元気出して」とか、そんなことは一切言わなかった。

けれど伝わってくるのだ。

態度から。表情から。声から。言葉から。

そういうもので伝えてしまうのがすごい、と思う。

おまけに、私が遠慮する余地すら与えてこなかった。

スマート……という言葉でも足りない気がする。

「あの。なにかお礼を」

思わず口をついて出た。本当なら、なにかもらうべきは彼のほうなのだから。

落としたハンカチを拾ってくれた。そのお礼としてなら自然ではないか。

なのに落とし物を拾ってもらったほうの私が、新しいものを贈ってもらえるなんて。

「ん？　気にしなくていいけど……それなら緑茶でもどうかな」

「……緑茶？」

何故いきなり緑茶なのか。

今から飲みに行こうということなのだろうか。

いや、それはないだろう。

彼はこのあと『PARCA』に用があると言っていたし、上の階かどこかへ行くのだろう。

おまけにさっきいたのはカフェ。当然、お茶を飲んでいただろうに。

「そのハンカチみたいに、綺麗な色の緑茶を出す店があるんだよ」

ああ、なるほど。

理解したけど、直後どきっとしてしまった。

まるでお誘いではないか。

いや、その通りなのだろうけれど。一緒に緑茶を飲みに行こうということのはずだ。

「え、あ、あの、……カフェ、とか……？」

動揺のあまり、しどろもどろになってしまった。間違っていたらかなり恥ずかしい。

けれどそれ以外に思いつくことなどなくて、なんとか言った。

「ああ。駅を挟んで逆の『アトラ』にあるんだ。今日は店休日だけど」

『アトラ』も、ここと同じか、少し大きめのショッピングセンターだ。

少しオシャレなお店も入っているところ。行ったことがあまりないので、そんな店舗があるなんて知らなかった。

「ええと……」

一瞬だけ迷った。

これはナンパといえるのかもしれない。それならホイホイついていってしまうなんて良くないことだ。

でも。

私はちょっとだけこくりと喉を鳴らした。

気持ちを切り替えたかった。

ここまで繰り広げられた怒濤(どとう)の展開で、既に失恋のショックや悲しさなんて、希釈しすぎたカルピスのようにぼんやりしていたけれど、それでも。

場所だってショッピングセンターのお店だ。周りにはお客も店員もたくさんいるし、当たり前のように、そんなところでお茶を飲むなら昼間だろう。危ないことがあるとは思えない。

それなら別に、お茶くらい。

「来週の木曜日なら……」

一応、予防線を張ったつもりだった。

彼は明らかに社会人である。ニートなどに見えるはずがない。

そんな彼が、きっと無茶ぶりである平日を指定されて、一体どういう反応をするのか。

しかし彼はすんなり「ああ。いいぜ」と言ったのだ。考える様子もなかった。

私のほうがきょとんとしてしまう。仕事をしているだろうに、どうして平日の誘いに迷わず頷けるのか。

私が木曜日、と言ったのは、接客業にはよくあることで、平日休みだからであるが。

「仕事だから、午後二時くらいになるけどいいか？」

やはり仕事はあるらしい。けれど午後二時なんて、アフターファイブには早すぎないだろうか。

私は内心首をひねるしかなかった。

けれどここまで即答されてしまったら、やっぱりやめますなんて言えるはずがない。

「は、はい。大丈夫です」

「ん。じゃ、来週な。『アトラ』のエントランスホールで待ってるから。気を付けて帰れよ」

その言葉が、今日起こった不思議な出来事の終わりだった。彼は軽く手を振り、さっさとエスカレーターに乗って上の階へと行ってしまった。

私は取り残されて、一、二分はその場でぼんやりしていただろう。

一体なにが起こったのだろうか。

一時間半くらい前には彼氏、いや、今となっては元カレに振られてわんわん泣いていていたのに。そんなことはもうどうでもよくなってしまった。

その涙で落ちてしまったアイシャドウで汚したハンカチがきっかけで、こんなことになろうとは誰が予想したことか。

でも確かに私の手にはピンクの紙袋があった。

新しいハンカチが入った、かわいらしい紙袋。

さっきの約束が夢でも嘘(うそ)でもないことは、それがはっきり示していた。

橙色(だいだいいろ)の紅葉を愛(め)でる

木曜日は晴天だった。午後一時半を少し過ぎたところなので、まだまだ太陽は高いところにある。冬が近付いているけれど、昼間はまだぽかぽかしている日が多くて、今日はまさにそんな日だった。

待ち合わせは二時だったが、まさか定刻に行くわけにはいかない。遅刻などもってのほかであるし。

なので少し早めに着いたのだけど……。

「お。来てくれたんだ」

彼は既にエントランスのソファに腰かけていた。私は驚いてしまう。

時間を間違えたのかと、思わず時計を探してしまったくらいだ。でも、エントランスにかけてあった時計は二時どころか、一時四十分より前を指していた。

「う、うん。ごめんなさい、待たせちゃっ……」

謝ろうとした私の言葉は制された。

「や、仕事を早く抜けられたもんでね。じゃ、行こうか」

彼は膝の上で使っていたタブレットをクラッチバッグに入れて、小脇に抱えた。

荷物はそれだけだった。仕事後なのに不思議なことだ。

それで『アトラ』の最上階まで上がって、彼おすすめだという、緑茶がおいしい和カフェへ二人で向かった。


「すごく綺麗だね」

運ばれてきた緑茶と和菓子のセットを見て、私は感嘆した。ほうっと息が出る。

「敬語いらないよ、俺も普通に話すから」と、はじめに言われて私はお言葉に甘えることにした。

今更ながら名前を名乗り合って、年齢も聞いた。

彼は私の二歳上だという。しかし私よりずいぶん大人であるように感じてしまった。

「ああ。秋の限定味なんだけどさ」

オーダーしたのは秋限定の『紅葉狩り』という名前がついたセット。

緑茶は丸みを帯びた大きな湯飲みに入れられていた。抹茶でも飲むような器だけど、中身の色はまったく違う。

やわらかな薄い緑色……あのとき、初めて会った日にもらったハンカチに少し似ている色だ。そのハンカチは、今日、ちゃんとバッグに入っていた。

「これ、あられ？」

ホットの緑茶には、白やオレンジ、黄色の小さくて丸いものがぱらぱらと散っていた。梅昆布茶などによく入っているようなものだ。

日本茶には定番なので、ただの確認したような台詞だったけれど、彼はそのまま頷いてくれた。

「そうだろうな。流石、紅葉狩りセット。オレンジ色のあられなんてなかなかないだろうに」

「うん。まだ緑の残った木に、紅葉が色づきはじめてるみたいだね」

私の言葉に彼は、ふっと微笑んだ。

「風流だなぁ」

そんなふうに言われるので、私は恥ずかしくなった。心臓の鼓動がとくとくと速くなってしまう。格好つけたようなことを言ってしまった、と思ったのだ。

「えっ。……そ、そんなことは」

「いいや。綺麗なものを綺麗な言葉で表せるのはすごいことだぜ」

なのに彼は私の言葉も、それを口に出したことも肯定してくれて、それどころか褒めてくれた。

非常にくすぐったい気持ちになりながら、私は小さな声で、ありがとう、と言った。

ひとくちお茶をすすれば、ほっとするようなあたたかさがお腹の中に広がった。一粒口に入ったあられの、かりっとした食感も心地いい。

お茶を飲みながらの会話は、ごく普通の内容だった。

お互いの仕事の話とか。

どういう趣味があるかとか。

なんとなくナンパではないだろうと、彼の物言いや状況（ナンパ後、初の行き先が午後のショッピングセンター、その中にあるカフェというのはないだろう）から思っていたのだけど、実際その通りの雰囲気しか感じられなかった。

たとえば仕事関係で知り合った相手と、少し気が合うと感じてお茶でもひとつ、なんてするような軽い感覚だ。

彼が一体なにを考えて、今、ここにいるかはわからないけれど、はっきりしているのは、このお茶の時間をとても楽しいと、私が感じてしまっていることだった。

「アパレルね。道理でオシャレなはずだ」

「そ、そんなことないよ。今日の服は仕事用じゃないし、……あ」

彼に褒められて私は、そう言いかけて気がついた。これではまるでひけらかすようだ。

「じゃ、なおさら普段のセンスがいいんだな」

なのに彼は、そんな私をからかうどころか、ふわっと笑ってもっと褒めてくれる。

彼の巧みな話術は、こうして私を褒めるような流れに導いてくれるのだ。

ちょっと恥ずかしくあるけれど嫌ではない。それどころか、こうして私を認めてくれることが嬉しいと思う。

彼は自分の仕事についても話してくれた。

「編集なんだ。女性誌の『Ｍｏｓｔ』って雑誌だけど、アパレルさんなら当然……」

度肝を抜かれた。当然、どころではない。

「知ってるよ！　えっ、そんな有名な……、すごいね！」

「そうか？　さんきゅ」

彼は私の反応と言葉に、ふっと微笑む。

今までとは少し違う表情だ。悪戯（いたずら）っぽいような、褒められた子どものような、自慢げともいえそうな、ちょっとかわいらしい笑い方だった。

「不況の中だけど、売り上げとかも安定してるしな。会社もホワイトだしね。今日もリモートで、さっきあがってきたとこ」

はぁー、と私はため息をついてしまった。ここまでのことが、すべて種明かしされたのだ。わかってみれば、まったく不自然ではなかった。

しかしそれをスマートにこなし、自由に動けてしまうのはやはり彼の才能というか、能力なのだろう。


お茶はゆっくり減っていった。お茶菓子もとてもおいしかった。

中にあんこが詰まった、見た目は紅葉饅頭(もみじまんじゆう)に似ているお菓子だ。でもきっと、このお店で作っているのだろう。甘さが控えめで、ほんのり苦い緑茶によく合った。

いつのまにか、二時間近く経(た)っていたようだ。一度、緑茶のおかわりをついでもらったくらい時間が経っていたのに、話が楽しすぎてまったく意識しなかった。

そのように『紅葉狩り』も堪能(たんのう)したところで彼は言った。

「そろそろ夕方に差し掛かるけど、今日、時間ある？」

えっ、と思った。

今日、時間ある？

そんな台詞で現実に戻された気がしたのだ。

お茶をしたあとに「時間ある？」と言われたら、なにか……なんというか……デートとか……そういうものが頭に浮かんだ。

そして今日の出来事が本当はナンパだったのなら、まぁ、その……行く場所はあるだろう。子どもではないのだから。

けれど彼は、私に「時間ある？」と聞いてきた割には私の返事を待つことなく、行き先を口にした。

「せっかく紅葉のお茶を飲んだんだ。帰り、適当なところまで送るけど、ついでに紅葉を見ていかないか」

紅葉を？　見に行く？

きょとんとしてしまった。

彼とのやりとりでは驚かされてばかりだと思う。

しかもそれは、悪い意味での驚きではないのだ。

意外な言葉や誘いをかけられるけれど、理解できればすぐに、ほわっと心が喜んでしまうような驚き……サプライズといったらいいだろうか。そういう類のもの。

彼は私のことを風流だと言ったけれど、彼のほうがよっぽど風流ではないか。

「紅葉狩りをしよう」なんて、私が『ナンパかもしれない』と、ちらっと思ったような出会いだったとは思えないようなことを言うのだから。

でもなんだかおかしくなった。

このひとは素敵だ、と思った。

優しくて、格好良くて、話し上手で、聞き上手で。

そんな、ひととして惹かれる要素はたっぷりある。

もう少し仲良くなってみたい。

「うん、行ってみたい」

素直にそう答えた私はもう、その時点で彼とだいぶ心が近付いてしまっていたようだった。

いろどりの魔法

行ってみたい、と言ったものの、車にでも乗せられてしまったら怖いな、と少し心配していた。

そういうひとではなさそうだけど、残念ながら男のひとに対しては、最低限の警戒心を持たなければいけないのだ。世の中には悪いひとも少なくないから。

けれどやはり彼は、私が不安になるようなことはしなかった。

「二駅くらい乗るけどいいか」と言われて、『アトラ』を出てすぐの駅、地下鉄へ入って電車に乗ることになったのだ。

私は電車移動であることにほっとして、それを受け入れた。

普段、この駅ではJRを主に使っていたので、地下鉄はよく知らない。二駅先になにがあるかもわからない。

けれど多分、そこに綺麗なスポットがあるのだろう。

地下鉄に乗っているときから、既に楽しみになっていた。


「悪いな、ちょっと上り坂なんだ」

駅を出て、歩きはじめた道のり。数歩先を歩いていた彼は私を振り返って、申し訳なさそうな表情をした。

けれど私は首を振る。普段から立ち仕事だし、体力がないわけでもない。

それに今日は、ヒールの低い靴を履いていた。これしき、なんということもない。

「大丈夫」

言って、微笑んでみせる。

彼は「そんならいいけど」とちょっと困ったように笑って、でも足を数秒止めた。

なんだろう、と思って、でもすぐにわかった。

ゆっくり歩いてくれるつもりなのだ。私を置いてけぼりにしないように。

ここで手を伸ばしてこないところがまた、普通の男のひととは違うような気持ちになってしまう。

デートやナンパだったら、手を繋ぐのに最適すぎる機会だろうに。

このひとはどういうつもりなんだろう。

気遣われたことに嬉しくなりつつも、私はよくわからなかった。

けれど秋の夕暮れどきに、やわらかな日差しの中を、連れ立ってゆっくり歩くのは心地よかった。

十分ほどの道はすぐに終わった。

そうして辿り着いたところは、絶景……とまではいかないけれど、街中で見られるものとしては上等すぎる光景だった。色づいた紅葉がよく見える。

「もうだいぶ色づいてるだろ」

「ほんとだね。ちょっと高いところから見たらこんなに違うんだ」

初めて降りる駅だったので、勝手がまったくわからなかった。よって、彼についてくるだけになってしまったのだけど、割合高いところまで歩いてきたようだ。

「たまにこのへん、撮影で使うんだ。撮影っていっても、モデルを呼ぶようなやつじゃなくて、街中のさりげないカットが欲しいとか、背景素材にしたいとか、その程度のやつな。プロを呼ぶまでもないようなやつだよ」

彼はそんなふうに話す。彼が示してくれた先は、オレンジ色や黄色が鮮やかだった。

さっき飲んだ緑茶と同じだ、と思う。まだ緑の部分もある木の色と、いいコントラストになっていた。

やはり彼のほうがよっぽど風流ではないか。

私はつい、くすっと笑ってしまった。

「なんだよ」

彼がこちらを見る。ちょっと不思議そうだった。

私は彼に軽く笑みを向けて、言った。

「本当にさっき飲んだお茶みたいだなぁって、感心してた」

「なんか茶化すみたいだったけどな……」

彼の顔と言葉は不満そうだけれど、それこそ『茶化す』ような表情だった。

それはともかく、隣同士並んで、丘の下に見える紅葉を堪能していたのだけど、彼がこちらを見たことでちょっと顔が近くなった。

触れるなんて距離ではないけれど、他人としてよりは数ミリ近い距離。

とくりと心臓が跳ねた。

本当に綺麗な顔をしている。肌も手入れをしているようで、つやつやしていた。眉も髪もしっかり整えられていて、格好いいだけではなく、清潔感がある。

こんなひとが、もし……。

ふと思ってしまったことに顔が熱くなりそうになった。私はお腹の下に力を込める。

いやいや、そんなことは駄目だから。

自分に言い聞かせる。

けれど彼は、私のその気持ちを崩すように言ってきた。

「緑茶みたいなシャドウだな」

今度ははっきり、どくんと心臓が跳ねた。

シャドウ、はアイシャドウに決まっている。女性誌の編集であるなら、コスメの種類がわからないはずはない。

だからといって、私がつけているそれを即座に見抜いてくるなんて。恥ずかしいやら嬉しいやらだ。

そして、それほど近くで顔を見られてしまった緊張と照れも浮かんできた。

「そ、そう？　せっかく、お茶を飲むんだからって……」

お礼を言いたかったのに、それはもにょもにょと消えてしまった。心臓の鼓動がうるさい。

こんなひとが、もし。

……恋人だったなら。

さっき浮かんでしまった、それ。

飲み込むつもりだったのに、もっと濃くなってしまった。

でも駄目だ。そんな妙な勘違いをしないために、今日はこのアイシャドウをつけてきたのだから。

このひとに本気にならないように。

ナンパではないだろうと、ここまで散々感じさせられてきた。彼の存在や振る舞いのすべてが、そんな軽薄な行為にはまるで似合わない。

けれど、だからといってなにかしらの下心がないと、どうしていえよう。

そんな、二回目に会ったくらいで『恋人だったなら』なんて、今のようなことを考えてしまわないためだったのに。

先週、元カレに振られたことなんて、もうすっかり過去だった。

わぁわぁ泣いた一時間後にこの素敵なひとと出会ったこと、もらった緑のハンカチと優しい気遣い。

それらのことで、失恋のショックは水にカルピス一滴落とした程度まで薄まっていた。

でも、だからといって。

私はそんなことばかり、ぐるぐると考えていた。

あのカフェでハンカチを拾ってもらい、新しいハンカチをプレゼントされてから、ずっと考えてしまっていたのだ。

その時点で片足を突っ込んでいるようなものだったが、どうにもそれは認めたくない。

「綺麗だな」

ぐるぐるしていたところへ言われて、かぁっと顔が熱くなった。

このひとなら褒めてくれるだろうと想像していた。

いや、期待していた。本当に、自分が単純すぎて呆れるばかりだ。

「こ、こういうの、派手じゃないかな」

予防線、などと浅はかな考えで、敢えて明るい色のアイシャドウをつけてきたのは自分だというのに、つい言ってしまっていた。これもまた、甘えるようなことだ。

彼はどうしてか、他人に甘えさせてしまうような雰囲気を持っていた。話術なのかなんなのかはわからないが。

「なんでだ？　俺は好きだぜ。よく似合ってる」

今度こそはっきり顔は赤くなっただろう。そしてそれを『他人の距離』より数ミリは近いところで見ただろうに、彼はしれっと笑ったのだった。

こんな口説き文句のようなことを言ってきたのに、まるでキザでも嫌味でもないのが本当によくわからない。人柄としかいえないだろう。

「でも……」

その優しい言葉と肯定に誘われるように、口から出そうになったこと。

流石にためらってしまった。こんなことは情けないから。

「いるよな、『女のメイクはナチュラルに見えなきゃいけない』とか、そういう男」

ためらって飲み込んだのに、まるでエスパーのように知られてしまったらしい。

そう言われて、う、と詰まってしまう。

すべて知られたはずはない。

でもあのとき、カフェで私が見せた様子や、ハンカチについた赤いアイシャドウから男性のそういう態度に傷ついたと伝わってしまったようだ。

そして本当は彼に、そんな気持ちをわかってほしいのだ。

聞き上手で、優しくしてくれて、心が上向くようなことをたくさんくれる彼に。

「女のメイクは清楚だ上品だ、すっぴん風であるべきだなんて言う男は多いけど、そんなもんはくだらないね。その子が自分で好きだと思うメイクが、一番いいに決まってるじゃねぇか」

彼ははっきり言ってのけた。軽い口調だったのに、声はしっかり重くて、彼が強い意志と心でそれを口に出したことを示していた。

こういう、女性に寄り添った思考でなければ、化粧品も扱う女性雑誌の編集なんて仕事は務まらないのだろう。

しかしそんな理由であったとしても、そのとき私の心が彼の言葉で、ふっと軽くなったのは確かなことだ。
今この場所、小高い丘で、小さく吹いている秋風に撫でられたようだった。
私に伝えたいから言ってくれた言葉だと、はっきり伝わってくる。
「なぁ、すげぇ綺麗だからしっかり見たい」
ただ、所望されたことには今度、心臓が飛び出しそうになった。
ここでシャドウパレットなんて出してしまうほど鈍くない。
まぶたに乗せた緑色を見せてほしい、ということだ。
急速にどくどくと鼓動が速くなる。痛いくらいだ。
アイシャドウを見られることは問題ない。
アイシャドウを見せるための行為が問題なのだ。
けれど。
……いい、のではないだろうか。
本気にならないように、なんて考えなくていいのではないだろうか。
私の意識は一気にそちらへ振れてしまった。
彼の優しい言葉も、仕事柄の事情が一緒に詰まった真剣な信条も、伝えてくれた。
これはナンパでも慰めでも、遊びでもない。
どくどくと心臓を高鳴らせながら、私はアイシャドウを『見せる』。

すっと、目を閉じた。

顔の前に気配を感じる。心臓はもう飛び出しそうだ。目をぎゅっと強くつぶってしまいそうなのを必死でこらえた。

見つめられている気配がした。まるで時間が止まってしまったかのように、永遠のように感じる。

「とっても綺麗だ。色づく前の紅葉だな」

言われた言葉が私の口元をくすぐって、どきんと心臓がひとつ跳ねた。

そして私のその覚悟を読み取ったように、すっとくちびるになにかが触れた。

それは一瞬だけ、風が撫でたようなやわらかさだった。

秋の少し涼しい空気のようであり、でも確かに日差しのあたたかさも含んでいる、とても優しいキスだった。

飛び出しそうになった心臓だったのに、ゆっくりと落ちついてきた。

いきなりキスなんてして、顔も合わせられないと思ったのに。

やがてそっと目を開けて、間近で視線がぶつかる。

そのとき私は理解した。

彼が綺麗だと言ってくれたのは、まぶたでもアイシャドウでもない。

私のことを、だ。

胸の中がくすぐったくなってしまう。体が熱くてならない。

このひとが綺麗だと評してくれるのなら、私はきっとこのままでいい。

明るいトーンの色を身にまとう姿でいていい。

だってそれが、きっと一番私らしいのだ。

もうアイシャドウを捨てることなんてない。

ハンカチにアイシャドウをつけてしまうことなんて、もうないのだから。

ピンクのシャドウは、はじまりの色

「これな、誰かにあげなかったか」

陽（ひ）もだいぶ暮れた帰り道。

少し風が冷たくなりつつあった中を、駅に向かって戻ろうと歩き出すうちに、彼が手を差し出した。

ポケットに入っていたらしきそれは、ピンク色のアイシャドウ。濃いピンクと薄いピンクの二色が入っている。簡単なグラデーションができるものだ。

急な話題に、私は不思議そうな顔でそれを見てしまった。

でもすぐに思い当たる。

二ヵ月ほど前に持っていたものだ。でももう手元にはない。

彼の言う通り、あげてしまったのだ。

でもどうして彼が、これを持っているというのか。

「あげた、けど……」

やっぱりか、と笑った彼はとてもやわらかで優しい顔をしていた。

「あれ、俺の妹なんだ。ある日さ、目を真っ赤にして帰ってきて……」

それからの話は、私にも覚えのあることだった。

夏の盛りの頃、十代後半くらいの少女が、私の勤めるお店の前に来ていた。

けれどお店に入ろうとする様子は見せない。

いや、正しくいえば、入りたいのだろう。

けれどためらっている。そんな様子だった。

気になったけれど、こちらから「どうぞ」と招くお店ではない。

私は気になりつつも、なにもしてあげられずに日常の仕事をするしかなかった。

そのうちに彼女は店の前を去ってしまった。

なんだったのかな。

少し気がかりだったけれど、そのあと私は休憩に入った。バックヤードへ向かうために、フロアのはしっこにある、従業員用のドアへ向かったのだけど……。

人目につかないそこに、さっきの女の子がしゃがんでいた。

あのときから気がかりだったので、すぐにわかった。

それに、様子を見て心配になった。しゃがみこんで、顔を膝に突っ込んでいたから、体調でも悪いのではないかと思ったのだ。

「大丈夫ですか？」

声をかけて、彼女の前に私もそっとしゃがみこんだ。

彼女は驚いたように、びくりと肩を震わせて顔を上げた。視線が合う。

直後、彼女の顔がくしゃくしゃに歪(ゆが)んでいくので、私は驚いてしまった。

「わたし、……そのっ……、お、お店に、行かな……」

そのあとは涙声になってしまってわからなかった。

お店に行かないといけない。

そう言いたいのはわかったけれど、一体どうしてか。

そういえば確かに彼女の傍らには、私のお店のショッパーが置いてある。

一瞬、万引きでもして、でも思い直して返しに行かなければ、と思ったのではないかと疑ってしまったのだけど（稀(まれ)にあることだ）それは違うだろう。

だって服らしきものは、きっちりショッパーに入っている。ちゃんとレジを通したものに違いない。

ではどうしてお店に持ってこなければいけなくて、おまけにこのような事態になったというのか。

しかしこのまま、ここで話を聞くわけにはいかない。

私は彼女をバックヤードの休憩室へ連れていった。

本当はいけないのだが、テナントとしても、取り乱しているお客を放り出すわけにはいかないのだ。少しだけ、と交渉して許してもらった。

そこで彼女がペットボトルの冷たい紅茶を前に、ぽつぽつと話してくれたこと。

憧れだったこのブランドのお洋服を、貯めたバイト代で買った。

けれど、全然似合わなかった。

友達にも微妙な反応をされた。

それでお母さんにも「あなたにはまだ早いから返してきなさい」なんて言われてしまった。

そのような事情だった。

一回着ていては返品できないのだけど、問題はそこではない。

「大丈夫。似合うわよ」

私は笑ってみせた。彼女がこの服……秋色を先取りした、ボルドーのワンピースだった……それが似合わなかった理由はわかったのだから。

「メイクをしっかりめにすればいいの。学校に行くようなメイクとは、ちょっと変えてね……ええと、たとえばこういうものを」

スマホを出して、電子書籍のアプリを起動した。購読している女性誌の、同じブランドが載ったページを開く。モデルさんの着こなしや、メイクのテクニックが紹介されている記事をいくつか見せた。

まだ涙のあとが頬についていた、メイクを覚えたてという様子だった彼女は、それを見ていくうちにだんだん顔が明るくなっていった。

「それで髪はこういう……ああ、巻くのは難しいから、はじめはサイトや動画で『簡単ヘアアレンジ』を見るのがおすすめよ」

それらを見せて、簡単なコツを話しているうちに、彼女の涙が乾いた頃。

私は持ってきていたプライベートのポーチから、ひとつを取り出した。

それはピンクのアイシャドウ。好奇心で買った、プチプラコスメだ。

最近のプチプラは侮れないので、試してみたかったのだ。その噂の通り、なかなか優秀で、このまま使おうかと思っていて、まだたった一回しかつけていないもの。

「使いかけで悪いけれど。あなたがあのワンピースを着こなせますように」

そう言ってその子にあげたもの。

それが今、何故か、ここにいる彼の手にある。

「アイツ、あれから色々勉強してたみたいなんだよ。それで……兄贔屓ではあるんだけど、なかなか上達したと思うんだよな。今度、あのワンピースを着て新しいお洋服を見に行こう、なんてはしゃいでたよ」

まさかこういう繋がりがあったとは思わなかった。

私は意外な接点に、ちょっとぼうっとしてしまったくらいだ。

「それで、これを優しい店員のお姉さんにもらっちゃった、って言ってた。だから返さないとって」

「そんな、……いいのに」

そんな律儀なことを言われれば、安物の、しかも使いかけを押し付けたことが恥ずかしくなってしまう。

よく見てみれば、彼が手にしているのは、私があげたものではない。

同じものだ。

けれど使っていないもの。

新品、のようだ。

「あの通り、アイツ照れ屋だろう。どう渡そう、なんてもだもだしてたのが渡りに船だった。それで俺が、こうして話せたんだから」

息を呑んだ。

繋がっているものはあったのだ。

まぶたを飾る、きらきらしたパウダー。

たったそれだけのものなのに、美しくひとを輝かせてくれる。

「あ、でもハンカチは偶然だぜ。落としたって声をかけたときは、誰なのかわかってなかったんだから」

彼は笑った。ちょっと照れたような笑い方だった。かわいらしいともいえるだろう。

なんでもスマートで格好良くて、とても気が利いて優しい彼だけど。

こういう素直な顔はきっと、彼の一番中心にあるものなのだろう。

そしてそんな顔をもっと見たいと思う。

まぶたに乗せたきらめきを味方につけて、そうある私を綺麗だと言ってくれるひとを。

まぶたにきらきら雪が降る

彼と恋人同士になってから、メイクボックスにアイシャドウが増えた。

今までも明るい色を好んでいたから、メイクボックスはカラフルだったけれど、それ以上になった。

新色があればつい買ってしまうし、その新色を初めてつける日は決まっていた。

「今日のも新色か？」

すっかり寒くなったある休日のこと。

待ち合わせ場所で合流した彼は、すぐに気付いてそう聞いてくれた。「うん！」と答える私は、明るい顔になっただろう。

ベースのアイシャドウはシンプルなベージュだったけれど、その上から、つい先日買った新しいシャドウを重ねていた。

小さなラメが入っている、淡い白のアイシャドウ。

まぶたの上で、きらきら光るように重ね付けした。

あれから季節は過ぎて、もう冬に入っている。雪が降りだすにはまだ早いだろうけど、先取りしてみたかったのだ。

冬の雪をイメージした、そのまぶた。

きっとよく見て「かわいい」と言ってくれるだろう、と思ったのだけど。

すっと近付けられた顔。

くちびるに触れたのは、今日はキスではなかった。

「今日はキスされたいの？」

くちびるをかすめたのは、吐息。体温を持ってしっかりあたたかく、そして命が息づいたやわらかな吐息だ。

かぁっと顔が熱くなってしまう。
アイシャドウなんて口実だったこと。
彼に見てもらうため。
近付いてもらうため。
……くちびるに触れてもらうため。
そんな、恥ずかしいことを。
きっと真っ赤になっただろう私の頬を、大きな手でそっと包み込んで、彼は続けた。
「メイクじゃなくて、言葉で言ってみな？」

透明のあなたへ

朝月まゆ

朝の彼

夏になると、僕は毎日、炭酸水を飲む。

サイダーやコーラのように、甘味料で華やかな味や香りがつけられたものではなく、無味無臭の、一見ただの水と変わらない、炭酸水を。

ペットボトルのキャップを回すと、しゅ、と息の漏れるような音がする。口をつけて、透明な液体を、ごくごくと喉に流し込む。舌の上でパチパチと弾ける、二酸化炭素。本来肺から吐き出されていくはずの、目には見えない廃棄物の存在を、喉の奥に痛いほど感じる。鼻先が、溺れた時のように、つんと痺れる。

その感覚は、僕に線香花火を想起させる。自分の肌の下の、真っ暗なふたつの肺の中で、美しい火花が、まるで稲妻のように、暗闇を裂いては消える様を想像する。花火を包み込む、白い手のひらを、思い出す。

空気のように、側にいることが当たり前だった。

透明になっていく彼女の、僕は何を見ていたのだろう。目を凝らしていれば、見えたはずなのに、触れようとすれば、感じたはずなのに、僕は気づけなかった。気づこうともしなかった。

太陽の日差しが溶けた炭酸水は、生ぬるく、お世辞にも美味しいとは言えない。

それでも、透き通るペットボトルの中で、きらきら弾ける細やかな泡は、とても美しかった。

*

その日の僕は、世界のすべてを呪っていた。

梅雨明けしたばかりの、馬鹿みたいに青い空に唾を吐くような気持ちで、石ころを蹴飛ばす。あぁ、蟬がうるさい。首を絞めつけるワイシャツのボタンを、引きちぎるように外すと、汗が飛び散った。

はやく、このスーツを脱ぎたい。そして、クーラーの効いたボロアパートのベッドの端っこで、何もかも忘れて眠ってしまいたい。

強烈な日差しを浴びたビルの群れが、狂暴なくらいにギラギラと輝きながら、僕を見下ろしている。その視線から一刻もはやく逃れたくて、ふらつきながら歩を進める。

大学生活四年目の、夏が来てしまった。

それなのに、まだ就職先が決まらない。内定をもらえた会社が、ひとつもない。

――学生時代に、努力したことを教えてください。

白髪交じりの面接官の質問に、僕は正直に答えた。

歌うことが好きで、ギターを片手に路上ライブをやっていたこと。拍手をもらえることは少なかったけれど、毎日必死に歌を歌っていたこと。

話し終えた僕に、面接官は、ふぅん、と頷いた後で、苦笑を隠し損ねたような表情で言ったのだった。それなら、君、ミュージシャンになれば？　と。

（それができていれば）

こんな会社、誰が受けるかっつーの。

いい加減、理想と現実の折り合いをつけなくてはならない。地に足をつけて、生きていかなければならない。

そんなことは、分かっている。今年の春、赤いメッシュの入った髪の毛を、真っ黒に染め直した時、子供時代の自分とは決別したつもりだった。それでも、自分が今までやってきたこと、情熱を注いできたことを、鼻先で笑われるのは辛かった。お前に僕の何が分かるんだ、と言ってやりたかった。

日曜日の駅の改札口は、親子連れやカップルたちの明るい熱気が充満していた。楽しげな言葉を交わし合う、色とりどりの人混みの中で、真っ黒なスーツ姿の自分だけが、世界から弾き出されたように、ぽつんと孤独だった。

その時、ふいに、無秩序に入り乱れていた人混みが、ぱっくりとふたつに割れた。ほんの一瞬、光が射すように、目の前にまっすぐな道が開けた。

その道の先に、髪の長い女性の後ろ姿があった。

紺色のスカートが、ふわりとひるがえる。誰かがスイッチを切ったかのように、周囲のざわめきがプツンと消えた。振り向きざまに、彼女の瞳と、僕の視線がぶつかる。

「あ」

と、声が漏れた。

驚きと混乱の感情が、脳みそに追いつく前に、行き交う人々の波が、あっという間に彼女の姿を隠してしまう。吐き出すように大きく息をついて、自分が無意識に息をとめていたことに気がついた。

ただの見間違いかもしれない。

しかし、彼女は、八年前に行方不明になった僕の幼馴染み――ヨルに、よく似ていた。

*

「ねぇ、アサト。朝は月が見えるのに、夜は太陽が見えないのって、不公平じゃない？」

まだ眠い目を擦っていたら、僕の姿を見つけるなり、ランドセルをパカパカさせながら駆け寄ってきたヨルが、そんなことを言い出した。

「ほら、見てよ！」

と、鼻に皺を寄せて空を指差す。

そこには、確かに、うっすらとした白い月が、頼りなげに浮かんでいた。

ヨルは、少し、というか、かなり風変わりな子供だった。

意味があるのか、ないのか、計りかねることを真剣に言うので、大人からは煙たがられ、同年代の子供たちには、言葉の通じないおかしな子だと認識されていたように思う。

「でも、その代わり、夜にはたくさん星が見えるじゃん。流れ星だって、見えるかもしれないし。だから、不公平なんかじゃないよ」

同じマンションの同じフロアに住んでいるという、ただそれだけの理由で、半ば強制的に、僕らは仲良くなった。物心つく前から側にいたお陰で、彼女の言動に、とっくの昔に順応していた僕だけは、そうやって言い返すことができたし、そういう僕のことを、彼女は気に入っていたのだと思う。

偉そうに腕を組んで、ヨルがニヤッと笑う。

「ふーん。なるほど、アサトはいいこと言うねっ！　さすが、私の見込んだオトコだ」

異様にかくれんぼが上手いところも、ヨルのちょっと変わった特徴だった。実際のところ、あれを「かくれんぼ」と呼んで良いのかどうかは分からない。ヨルは、突然消えるのだ。

例えば、ついさっきまで隣のブランコに座っていたのに、ふと横を見ると、もうそこには影も形もない。ゆらゆら揺れているブランコを見て、仰天し、慌てて名前を呼びながら捜し回り、いよいよ途方に暮れたところで、けろっとした顔の彼女に肩を叩かれる。

「えへへ、驚いた？」

僕がどんなに怒っても、叱っても、彼女がその遊びをやめることはなくて、いつしか僕は、彼女のちょっと悪質なそのいたずらに、驚くことすらなくなっていった。

中学生になっても、彼女のそういう性質は変わらなかった。

クラスは違っても、ヨルが教室で浮いた存在であることは、嫌でも耳に入ってきた。授業中に突然いなくなり、大騒ぎになったところでふらっと戻ってくるので、教師たちも手を焼いていること。ズケズケした物言いが、周囲の反感を買っていること。そのせいか、友達と呼べる相手が、どうやらひとりもいないこと。

思春期真っ盛りの中学生たちの輪の中で、異性と親しげに言葉を交わすという行為は、真っ先にからかいの対象になる。ましてや、幼馴染みだなんてことがバレたら、どんな噂が立つか分からない。

僕は、平和な学校生活を望んでいた。悪目立ちして、トラブルに巻き込まれることだけは避けたかった。

だから、僕はヨルと距離を置くことにした。彼女に「おはよう」と言われても、名前を呼ばれても、ひたすら無視した。後ろめたさもあったけれど、僕は自分の世界を守るために必死だった。そうしているうちに、ヨルは僕に話し掛けることを諦めたようだった。

そのことに、寂しさを感じている自分を、ずるい人間だと思った。

ヨルが消えたのは、夏休みが始まる前日、終業式の日のことだった。

――ヨルちゃんが帰ってこないんだって。アサト、何か知らない?

スマホを耳に押しあてながら、母親が、ノックもせずに僕の部屋のドアを開ける。腕時計に目を落とすと、時計の針はちょうど二十二時をさしていた。

ごめんなさい、アサト、何も知らないって。警察に連絡は？　旦那さんが帰ってから。そうですか、寄り道しているだけだと良いけれど。はい、いえ、こちらこそお役に立てず申し訳ありません。

そんなやりとりを聞きながら、それでも、その時の僕は、高をくくっていた。どうせ、ヨルは帰ってくる。

今までだって、ずっとそうだった。みんなに散々迷惑を掛けて、心配を掛けて、困らせた顔を見て喜んでるんだ。今だってきっと、ひょっこり姿を現すタイミングを、どこかでこっそり窺(うかが)っているんだ。悪趣味なんだ、あいつは。

「朝に夜は追いつけないいし、夜に朝は追いつけないけど、アサトと私はいつも一緒だね」

開け放った窓の向こうから、ちりり、と控えめな風鈴の音がする。サンダルを引っ掛けて、ベランダに出たけれど、四角く切り取られた夜空は、薄い雲に覆われていて、ひとつの星も見えなかった。

朝と夜。

確かに、僕らはふたりでひとつだった。

ヨルは、あれ以来、一度も家に帰ってきていない。

*

花火大会の日なら、人通りも多いだろうと踏んで、わざわざ東京のど真ん中へ、ギターを担いで行ったことがある。僕の髪の毛に、赤いメッシュが入っていた頃の話だ。まだ日が高い時間にもかかわらず、駅前の大通りは、すでに浴衣姿の男女で賑(にぎ)わっていた。立っているだけで、脇と背中から汗が滲(にじ)み出るような、暑い日だった。人混みを、泳ぐようにかき分けて、どうにか歌うことのできるスペースを確保する。

我ながら、歌はあまり上手くはなかった。

音痴というわけではないが、売り物になるレベルには到底及ばない。その自覚は充分あったし、人前で歌うことに対する躊躇(ためら)いだって、もちろんあった。

すっ、と鼻から息を吸い込むと、砂ぼこりの焼ける、夏の匂いがした。

蟬の鳴き声にかぶせるようにして、ギターの弦に指を置く。数年前、中高生を中心に人気を博し、今では活動休止となってしまった、とあるバンドの一番のヒット曲。ノスタルジックな前奏は、活気に溢(あふ)れた大通りに、まるで似つかわしくなくて、申し訳ない気持ちになる。

恥ずかしくなるくらいに、ただ愛を叫ぶだけの歌を、僕は歌い続けた。

行き交うひとりひとりに目を凝らしても、足をとめようとする人は、ひとりもいない。好奇の目を向ける人よりも、どちらかといえば、迷惑そうにジロリとこちらを睨む人の方が多くて、心の中で、すみません、と謝りながら、それでも休みなく歌い続ける。首筋を何度も汗が伝った。

歌う時、僕は努めて頭の中を空っぽにする。余計なことは、考えない。そうでもしないと、押し潰されそうになる。後悔とか、エゴとか、自己嫌悪だとか、そういったネガティブな感情に、飲み込まれそうになる。

日が落ちて、人通りがだいぶ少なくなったな、と思った時、太鼓を打ち鳴らしたような爆発音とともに、遠くの空が、赤く輝いた。くぐもった歓声が、耳に届く。微かに、煙の匂いが漂ってきた。

ギターから手を離し、うつむく。

今日も、何の成果もなかったなぁ、と思った。まぶたと唇がひくついて、防衛本能のように、顔が勝手に苦笑の表情を作ろうとする。

仕方ないよ。こんなの、賭けみたいなものなんだから。心の中の僕が、のろのろと自分を慰め始める。

連なる乾いた爆発音が聴こえるたびに、わずかに足元が明るくなる。赤、緑、オレンジ。そのぼやけた光に照らされた場所に、散々踏みつけられて、よれよれになった花火が落ちていた。

しゃがんでつまみ上げると、力なく折れ曲がってしまう。線香花火のようだった。

ポケットからライターを取り出したのは、ほんの気まぐれだった。

紫色のふやけた花火の先っぽに、細長い橙色の火を灯す。瞬く間に、激しく燃え始めた炎が、やがて艶やかな丸い光の玉を形作っていく。


「どっちが長く持つか、競争ね！」

子供の頃、夏になると、毎年公園で花火をした。

終わったらちゃんとバケツに捨てるのよ、という母の言葉に適当に相槌を打ちながら、手持ち花火にマッチで火をつけてもらう。

ヨルは、きゃあきゃあと騒がしかった。

色とりどりの火花と同じくらい目を輝かせながら、頑張れ頑張れ、と花火を応援する。まるで、胸の中で暴れるわくわくした感情が、手持ち花火の激しい光になって、噴射されているみたいだった。そんなヨルを、僕は保護者にでもなったような気分で見守っていた。

小学校生活最後の夏休みの、最終日だったと思う。

僕が、線香花火の最後の一本に火をつけて、暗がりにしゃがんだ時、ふいに強い風が吹いた。

あ、と言う間もなく、ぶら下がった火の玉が大きく揺れる。落ちる、と思ったその瞬間、横からすっと手のひらが伸びてきた。

「大丈夫だよ」

風から守るように、ヨルの小さな白い手が、花火を包み込む。煙の匂いの染み込んだ頭が、僕の肩に触れ合うほどすぐ近くにあった。

「大丈夫。頑張れ」

その言葉に励まされるようにして、小刻みに震えていた光の粒が、息を吹き返すように、少しずつ、少しずつ大きくなっていく。

まるで、魔法を見ているかのようだった。

茜色（あかねいろ）の火花が、パチ、と弾けたのを合図に、ヨルの手の中に、美しい花が咲いた。暗闇を切り裂いて、続けざまに、咲いては消える炎の花。火花のひとつひとつの輝きが、まるで意思を持っているかのように、強く、激しく、踊っている。

顔を上げると、ヨルが、僕を見つめていた。胸が痛くなるような笑顔だった。

強く、風が吹いた。

慌てて左手を伸ばした時には、もう遅かった。

花火の先っぽに生まれたばかりの、美しい光の玉は、あっけなくアスファルトの上へと落下し、じゅ、と音を立てて消えた。

僕は、片膝をついたまま、花火の燃えかすから細く立ちのぼる、苦い煙の匂いを嗅いでいた。

あの夏の夜の虚(むな)しさを、やけにはっきりと覚えている。

夜の彼女

最初に冷たくなるのは、いつも右腕だった。

ひやっとした痺れが、腕の付け根から指先にかけてを、すぅっと撫(な)でていく。やがて、血液のかわりに炭酸水が流れているような感覚が、身体(からだ)中をぐるぐる駆けめぐる。耳の奥で、微かに、パチパチと何かが弾ける音がする。

それが、「かくれんぼ」の始まる合図。

実際は、かくれんぼ、なんて可愛(かわい)いものではないけれど、大好きなアサトがそう言うから、私もそう呼ぶことにしている。

それは、誰にも見つけてもらえることのない、永久にひとりぼっちの、かくれんぼだ。

＊

ヨルちゃん、どこにいるの？　隠れてないで出てらっしゃい。

お母さんが、私を呼んでいる。マンションの小さなリビングに、子供が隠れられる場所はそう多くはない。カーテンをめくったり、箪笥（たんす）の中を確認したりするうちに、お母さんの機嫌はどんどん悪くなっていく。いい加減にしなさい、ヨル。ふざけてるの？本当に、怒るわよ。

そりゃあ、怒るに決まっている。お母さんは、全然悪くない。デスクで仕事中のお母さんに、夏休みの宿題を教えてくれと頼んだのは私だ。そして私は、勉強を教えてもらっているその最中に、突然姿を消したのだから。

でも、私だって、本当は全然悪くない。

ソファに腰をおろし、ため息をつくお母さんを、じっと見つめる。扇風機の生ぬるい風が、額にかかった前髪を、ふわふわと揺らしている。

「お母さん」

伸ばした手のひらは、お母さんの腕に触れた瞬間、すっと色をなくす。雨粒が水たまりにポツン、と落ちた時のような波紋が、透明な手の甲に広がる。全身を駆けめぐる、しゅわしゅわと炭酸が弾けるような感覚が、強くなる。

どんなに叫んでも、声が届かない。どんなに触れようとしても、身体がすり抜けてしまう。そんな瞬間は、前触れもなく、突然やってくる。

身体が透明になる体質になったのは、幼稚園の頃だったと思う。初めは年に二、三回程度。「消える」時間も、ほんの数十秒だったものが、年月を重ね、歳を重ねるごとに、時間も頻度も、とめようもなく増えていった。

——ヨルちゃんって、変わってるよね。

授業中、私が突然消えたことに気づいた先生が、慌てふためきながら教室を飛び出していく。先生の顔は、気の毒なくらい真っ青だ。信用問題とか、管理責任とか、よくわからないけど、色んな問題があるのだろう。授業は中断され、自習という名の自由時間に、クラスメートたちは沸き立つ。

迷惑ばっかり掛けるくせに、いつも威張ってて、ホントむかつく。

ひそひそ、ひそひそ。

額を突き合わせて、女の子たちが囁き合う。

友達がいないから、気を引きたいんだよ。くだらない。ほんっと、バカみたい。

リーダー格の女の子の言葉に、その取り巻きたちが、一斉に頷く。その様子を、私はちょっと離れた場所から、じっと見つめている。

もしも逆の立場だったら、私もきっと、同じことを思うだろう。確かに、私の行動は、端から見たらバカみたいだ。悪口を言われても、仕方ないほどに。

誰かに相談すれば良かったのかもしれない。

でも、どうしてもできなかった。できなかった、というよりも、しなかった。この奇妙な体質のことで、お父さんやお母さん、それに大好きなアサトに、心配を掛けたくなかった。

それに、本音を言えば、怖かったのだ。

変な子だと思われてもいい。問題児だと、後ろ指をさされてもいい。

でも、アサトに、不気味なヤツだと思われるのだけは嫌だった。もしもアサトに、おびえた目を向けられたら。気持ち悪いと、思われたら。想像しただけで、怖くて悲しくてたまらなくなる。

だから、

「えへへ、驚いた？」

身体がもとに戻ったら、私は笑う。

いたずらが見つかったふりをして、大袈裟(おおげさ)なくらい、思い切り笑う。

どうか、この嘘(うそ)がばれませんように。そう、必死に祈りながら。

＊

もしもし。夜遅くに申し訳ありません。いえ、実は、ヨルがまだ帰ってこないんです。アサトくん、何か知りませんか？

スマホを耳に押しあてて、リビングを行ったり来たりと、所在なく歩き回る母を、私は申し訳ない気持ちで眺めていた。

中学二年の夏だった。終業式が終わって、砂ぼこりの舞う昇降口で、ボロボロにくたびれた上履きを袋に押し込んでいたら、アサトがクラスメートの男の子と話しながら歩いていくのが、向こうの方に見えた。追いかけようと、走り出そうとして、慌てて思いとどまる。

「学校ではさ、あんまり話さないようにしよう」

一ヶ月前、アサトにそう言われたばかりだった。

私はそれが寂しくて、なんで？　と聞いたけど、アサトはちゃんと答えてくれなかった。嫌われたのかな、と思った。

それ以来アサトは、私が「おはよう」と言っても、「バイバイ」と言っても、聞こえないふりをする。クラスメートたちと同じように、「かくれんぼ」の時間じゃなくても、まるで、私が見えないみたいに振る舞う。

　私がこの世にいても、いなくても、大して違いはないんだろうな、と時々思う。眩しい太陽の日差しの下を歩くアサトの背中は、下駄箱の陰の薄闇の中に立つ私から見て、ひどく遠い。

「かくれんぼ」が始まったのは、その時だった。右腕がすぅっと冷たくなり、摑んでいた上履き袋が、床にすとん、と落ちる。あっという間に、全身が痺れていく。耳の奥で、何かが弾ける音がする。

　それは、とっくの昔に慣れてしまった、いつもの感覚で、その時の私は、深く気にもとめなかった。あぁ、またか、としか思わなかった。身体がもとに戻るまで、何して時間を潰そうか。映画でも観に行こうかな、なんてことを呑気に考えていた。

　ごめんね、お母さん。心配かけて。

　通話を終えて、スマホをソファの上に投げ出したお母さんは、今にも泣き出しそうだった。お母さんの、こんなにも途方に暮れた顔を、今まで見たことがなかった。

　時刻は二十二時過ぎ。もうすぐ日付が変わるこの時間帯に、自宅に「存在」していないのは、初めてだと気がついて、チクリと不安が胸を刺す。考えてみると、半日以上「かくれんぼ」が続いているのも、これが初めてだった。

　閉めきられた掃き出し窓を、スッとすり抜けて、ベランダに出ると、熱気がむっと身体を包み込んだ。物に触れることはできないのに、気温や匂いや風を感じるのは、どうしてなのだろうと、ぼんやりと考える。やわらかな風が吹いて、どこかで風鈴がちりり、と鳴った。

ガラ、と扉の開く音がして、ふと横を見ると、三軒先の家のベランダに、見慣れた人影があった。

あ、と息をのむ。思わず、ベランダを伝って、走り出していた。

部屋着姿のアサトは、ちょっと顔をしかめて、薄い雲に覆われた夜空を見上げていた。アサトの顔を、こんなに近くで見るのは、とても久しぶりだった。また少し、背が伸びた気がする。風呂上がりなのだろうか、少し乱れた髪の毛は湿っていて、時折ポタ、と落ちる水滴が、Tシャツの肩に小さなシミを作っている。

身長が伸びて、声変わりもして、見た目も大人っぽくなったのに、その表情には、幼い頃の面影がくっきりと残っていた。

「星、見えないね」

隣に立ち、同じように空を仰ぐ。灰色の雲は、みるみるうちに質量を増していくようだった。きっと、もうすぐ雨になる。

「でも、あの雲の向こうには、たくさんの星が眠っているんだよね。そうでしょう？」

当然、アサトの返事はない。

分かっているのに、涙が出た。頬を伝って流れ落ちた涙は、地面に落ちた瞬間、綺麗な泡の粒のように、キラキラ光りながら消えてしまった。

そして私は、その日を境に、ガラスを一枚隔てた向こう側の世界に、取り残されてしまったのだった。

＊

毎日通る道に、新しい建物が立った時、以前そこにどんな建物があったのか、うまく思い出せない。いつも目にしていたはずなのに、この世から消えてしまった途端、不思議と記憶が曖昧になる。

目に見えなくなったものの存在を、人はあっさりと忘れていく。それは、自然の摂理だ。だから、そのことを責めるなんて、お門違いだし、仕方のないことだと、頭では分かっていた。少なくとも、そのつもりだった。

私が行方不明になってからの数ヶ月間は、とても騒がしかった。

どうやら、私の失踪は、誘拐事件として捜査されているらしい。警察が中学校にやって来て、防犯カメラの映像をチェックしたり、クラスメートの家に足を運んで、失踪当日の私の様子を、事細かに質問したりする。私の部屋にも、警察の手が入り、誰にも見せたことのない秘密の日記帳や、下手な小説とも呼べない原稿用紙の束が、どんどん白日のもとに晒されてしまって、端から見ていた私は、顔から火が出るほど恥ずかしかった。

夜のニュースで、初めて私の失踪事件が報じられた時、お母さんは堪えきれずに泣き崩れてしまった。その背中を優しく撫でるお父さんも、顔をくしゃくしゃにして、ぽろぽろと涙をこぼしていた。お父さんの涙を見たのは、生まれて初めてだった。

不謹慎にも、その時感じたのは、胸が痛くなるほどの喜びだった。こんなにも悲しんでくれて、私のために涙を流してくれて、心の底から嬉しいと思った。ありがたいと思った。

夏休みが終わり、新学期が始まっても、警察は何の手がかりも見つけることができなかった。

連日報道されていた、女子中学生失踪事件のニュースは、センセーショナルな芸能人のスキャンダルに塗り替えられた。学校の教室からは、私の机が撤去され、教師は生徒たちに私の噂話をすることを禁じた。休職していたお父さんも、お母さんも、もとの仕事に復帰した。

身体が透明になって以来、お腹が空くことも、喉が渇くことも、眠る必要もなくなった。どうやら、息をする必要すら、なくなった。

終業式の日から、ずっと身に付けたままの、夏のセーラー服と、白いソックスと、茶色のローファーは、少しも汚れる気配がない。爪も伸びなければ、髪の毛も、一ミリも伸びない。まるで、夏のあの日から、時間が止まってしまったかのように。

そうやって、私の存在は、少しずつ世界から忘れ去られていった。

一生ぶんの映画を観た。閉館後の水族館で、一晩中、泳ぐ魚の群れを眺めた。新幹線にただ乗りして、日本全国を訪れた。好きなミュージシャンのコンサートを、特等席で鑑賞した。

そして、高校生になったアサトを、私は遠くから見つめていた。

地元の公立高校に進学したアサトは、ほとんど毎日バイトしかしていないようだった。部活にも入らず、勉強もそこそこに、コンビニ店員とレストランのウェイターのバイトを掛け持ちして働いている。休日は、単発の日雇いバイトまでこなすほどの忙しさだ。

そこまでして、何か欲しいものでもあるのだろうか。子供の頃のアサトは、あまり物に執着する質（たち）ではなかったので、意外だった。

女の人と会っているところを、見たこともある。

その人は、お化粧の匂いが漂ってきそうな、いかにも大人な雰囲気の女性で、ふたりはカフェで長いこと話をしていた。さすがに会話は聞かなかったけれど、それ以来、私はアサトの側（そば）にあまり近づかないよう、心がけるようになった。

アサトは、大人になっていく。

やがては格好いい大学生になり、スーツの似合うサラリーマンになって、いつかは結婚だってするだろう。彼の周りには、いつもたくさんの人がいて、笑顔が絶えない。そして、私のことなんて、きっと、忘れてしまう。古くなったかさぶたが、知らないうちに剝がれ落ちるのと同じように。

そう思うと、苦しくて苦しくて、仕方がなかった。身体中がどろどろに溶けてしまいそうなほどの、真っ黒に濁った感情が、心臓からどくどくと溢れ出ているような気がした。東京タワーのてっぺんに立って、胸が破れるくらいの大声で叫んでも、海の一番深いところへ潜って行って、死んだように眠っても、その感情が消えることはなかった。

耳の奥で、休みなく、何かが弾ける音がする。あの日から、ずっと、休みなく聴こえる音。火花が弾けるような、胸を突き刺す、眩しい音だ。

「朝に夜は追いつけないし、夜に朝は追いつけない」

目に見えなくなったものは、もともとこの世に存在しなかったものと同じだ。

私たちの人生が交わることは、二度とない。

「アサトくんさ、私の他に好きな人いるでしょ」

マヒルにそう言われたのは、今話題の恋愛映画を観た後、映画館の近くのレストランで、ふたりで食事をしていたタイミングだった。

その言葉はあまりにも唐突で、僕は付き合って一年になる彼女の顔を、まじまじと見つめてしまった。

「……そんなこと、ないよ」

「ほら、今、すぐ答えられなかった。アサトくん、正直だもんね」

別に、怒ってるわけじゃないよ。

ナプキンで、赤いマニキュアの施された指先をゆっくりと拭い、マヒルがこちらに顔を向ける。マスカラとアイシャドウに縁取られた、大きな丸い瞳が、わずかに細められる。

「私が告白した時も、この人、全然私のこと好きじゃないんだろうなって思った。でも、これから好きになってくれればいいやって、好きになってもらえるように頑張ろうって、思ったの」

ふ、と唇に笑みを浮かべる。

「だけど、無理だった。すぐ隣にいても、アサトくんの目に、私は映っていなかった。透明なんだ、私は、アサトくんにとって」

別れよっか。

僕が口を開く前に、マヒルはそう言って、いつものように微笑(ほほえ)んだ。

*

マヒルのことを、大事に思っていなかったわけじゃない。

高校生になって、すぐにバイトを始めた。まだ高校生じゃない、お小遣いだってあげてるでしょ？　と母は反対したが、意外にも父が味方をしてくれた。アサトのやりたいようにやればいい、これも社会勉強のひとつだ、と。

どうしても、まとまったお金が必要だった。一日でもはやく、そして少しでも多く、お金を稼がなくてはならなかった。

勉強も、学校生活もそっちのけで、僕は、胸の底から込み上げる激しい衝動に突き動かされるようにして、とにかく働いた。自分が、何もできない子供であることが、歯がゆくて仕方がなかった。自分にもっと、力があれば、と思わずにはいられなかった。地位や、経済力があれば。もっと、人を動かす力があれば、と。

マヒルに告白されたのは、すべての望みをかけていた、最後の一本の頼みの綱がぷっつりと切れて、途方に暮れていた頃だった。高校生活最後の一年が始まるのを目前にして、全財産を失い、学力も、単位も足りず、僕はうちひしがれていた。目に映る何もかもが、重く、淀(よど)んで見えた。

マヒルは、掛け持ちしていたいくつかのバイト先のひとつの、コンビニ店員のバイトの先輩だった。

「真昼」という名前の通り、開けっ広げな明るい性格で、笑うと右頬に小さなえくぼができる。美容師になるための専門学校に通っていて、僕よりふたつ歳上で、きらびやかな大人の女性の雰囲気を纏(まと)っていた。

桜の散る、春の日だった。

バイトを辞めて勉強に専念します、お世話になりました、と店長に頭を下げて、荷物をまとめて店を出た時、「ちょっと待って！」と呼び止められた。

僕が振り返ったのと、走り出したマヒルが転ぶのが同時だった。まるで、漫画の効果音が飛び出るような、派手な転び方だった。

大丈夫ですか、と慌てて駆け寄る。マヒルが、ゆっくりと身を起こし、アスファルトの上に膝をつく。コンビニの半袖の制服から伸びる、むき出しの細くて白い腕に、血が滲んでいた。充血した目の下に、黒いシミのような汚れがついている。マスカラが涙で流れ落ちたのだと、遅れて気がついた。

それは、いつも完璧な先輩のイメージからは、かけ離れた姿だった。かける言葉を失った僕を、マヒルの潤んだ両目が見つめる。

「アサトくん、バイト、辞めちゃうの」

気圧されるまま、こっくりと頷く。

「……あの、卒業、できそうになくて。単位がヤバイんです、バイトしかしてこなかったから。すみません、ちゃんと、挨拶もしないで。お世話になったのに」

言い訳のように言い連ねる僕を、じっと見つめていたマヒルが、突然ぷっと吹き出した。あはは、と声を出して笑い出す。

「アサトくん、真面目そうなのに、意外だな」

すみません、と口の中で呟く。つられて、少し笑ってしまった。凝り固まった顔の筋肉を、久しぶりに動かした気がした。

「あのね、アサトくん」

聞いて欲しいの。

呼びかけられた声には、緊張が滲んでいた。

頰を真っ赤に染めて、しどろもどろになりながら、「好きです」と伝えてくれた彼女のことを、可愛いと思ったし、大切にしようと思った。その気持ちに、嘘はない。

「私の他に、好きな人いるでしょ」

好きな人は、いない。と、思う。

僕の胸に、もうずっと長いことくすぶり続けているこの想いは、恋愛感情ではない。そんな綺麗なものでは、絶対にない、と思う。

でも、その言葉を聞いた時、心に浮かんだ面影は、ひとりだけだった。

この一年間、マヒルとともに過ごすことで、目をそらし続けたものに、僕はもう一度対峙しなくてはならない。

＊

「私って、ホント、都合のいい女よね」

茶化すように笑うマヒルに、僕は、二度と頭が上がらないだろう。

今年の春から、都内の小さな美容院で、マヒルは働き始めた。突然店を訪れた僕のことを見た時、マヒルはどんな気持ちだっただろう。恨みも憎しみもあっただろうに、彼女は「来てくれてありがとう」と言って、右頬にえくぼを浮かべて微笑んだ。長かった髪をばっさりと切ったマヒルは、とても美しかった。

お洒落な装飾の施された鏡の中に、白いケープを着せられた僕と、鋏を持つマヒルがいる。店内には、軽快なジャズのメロディーが流れていた。

「苦しくないですかー？」

「あ、苦しくは、ないです」

実際は、首を締め付けられて、喉の辺りが少し息苦しかったけれど、頷く。了解です、とマヒルがまた笑う。

マヒルの長い指が、鋭く光る鋏が、頭の上を自由自在に飛び回る。いつもカラフルに装飾されていた爪は、明るい色を失い、短く切り揃えられていた。知らぬ間に努力を積み重ねてきた、傷だらけの指先だった。

それを見た時、ふいに、もしもこのまま彼女に鋏で喉を切り裂かれても、文句は言えないのだと思った。それくらい、僕は、彼女を傷つけた。そのことに、今更気がつく。

「どうしても、忘れたいことがあって」

うつむいたまま、僕は呟いた。

音もなく落ちていく黒い髪の毛が、少しずつ降り積もり、つやつや光る床を汚していく。

「子供の頃、僕は、ある友達のことを、ひどく傷つけた。傷つけたまま、別れてしまった。どんなに必死で捜しても、その子には、どうやっても会えなくて。生きているのかどうかすら、分からなくて」

もしかしたら、その捜すという行為すら、自己満足なのかもしれない、と思う。

あの子にもう一度会えたとして、僕はどうするつもりなのだろう。どんな顔をして、何を伝えるつもりなのだろう。

「マヒルといると、忘れられる気がしたんだ。子供の頃のこととか、後悔とか、罪悪感とか、自分が本当にどうしようもない、ろくでもない人間だってこととか、そういう、色んな苦しいことを」

結局のところ、マヒルを利用したんだ、僕は。

マヒルはいつも、太陽みたいに眩しくて、僕はそのあたたかな日だまりの中で、自分の足下から伸びる黒い影から、目をそらすことができた。彼女の健全な明るさと、優しさに甘えることで、自分の弱さや醜さに蓋をした。彼女の笑顔を見て、つられて笑顔になる自分に、ほっとしていた。安心していた。

確かに僕は、マヒルというフィルターを通して、自分のことしか考えていなかった。マヒルという人間のことを、ひとつも見ていなかった。

「それって、いちばん忘れちゃいけないことだよ」

染毛剤の独特の匂いが、つんと鼻を刺す。目と喉が、ピリピリと痛かった。

「自分がどうしようもない人間だってことを、忘れるやつが、いちばんろくでもない人間だと思う」

「傷つけて、ごめん」

忙しく働いていたマヒルの手が、一瞬止まった。鏡の中で、視線と視線がぶつかり合う。

「アサトくんの素の言葉、初めて聞いた気がする」

今度は、忘れちゃダメだからね。

マヒルの両手が、僕の頭を、優しく撫でていく。

この期に及んで、ちらりとでも、その手にすがりたい気持ちになる自分が、心の底から情けなかった。

「ありがとう」

ぎゅっと目を閉じる。まぶたの裏側が熱かった。涙が出そうになるのを、染毛剤のきつい匂いのせいにして、両手を強く握りしめる。

それが、生まれてこの方、一度も染めたことのなかった僕の真っ黒な髪の毛に、赤いメッシュが入った日のことだ。

*

放課後、小学校の校庭で、かくれんぼをしていた。

鉄棒の後ろ側の、茂みとフェンスの間に、子供がひとり、ギリギリ入れるくらいのスペースがある。前から目をつけていた僕は、かくれんぼが始まるや否や、一直線に走っていって、その場所に陣取った。

「もういいかい」

「もういいよ」

遠くの方で聞こえる合図に、胸をドキドキさせながら、身体をぎゅっと丸めて体育座りをする。今日こそは、いちばん最後まで見つからない自信があった。友達連中が、慌てふためきながら僕を捜し回る姿を想像すると、思わずにやけてしまう。

振り絞るような声で、蟬が鳴いている。見上げると、果てしなく青い空に、ソフトクリームのような雲が浮かんでいた。舞い上がる砂ぼこりのせいで、口の中がしょっぱい。地面に手をつくと、サラサラした細かい砂で、手のひらが真っ白になった。

どれくらいの時間が経ったのか分からない。

時計を持っていなかった僕には、時間を確かめる術がなかった。ひんやりとした風が、首筋の汗を乾かしていく。ずっと身を縮こまらせているせいで、首と背中が痛かった。痺れた足を、ゆっくりと動かす。ひどく喉が渇き、水筒を持ってこなかったことを後悔する。

日差しの色が、夕焼け色に変わる頃には、わくわくしていた気持ちはすっかりしぼみ、代わりに、擦り傷を負った時のような、ヒリヒリした痛みと焦燥が、胸に広がっていた。

息を殺して、じっと耳をすます。何も聞こえない。僕を捜して走り回る足音も、名前を呼ぶ声も、何も聞こえなかった。

唇を噛(か)みしめる。

認めたくなかった。自分が、みんなに忘れられてしまったなんて、絶対に、信じたくなかった。

タクヤも、コータも、ユースケも、たぶん悪気はないのだろう。お腹が空いただとか、塾の始まる時間だとか、そういう目先の問題に紛れて、うっかり僕のことを忘れてしまっただけ。ただ、それだけのことだ。

それでも、と思う。

自分が、彼らにとって、取るに足らない存在だと、真正面から言われたような気がした。いてもいなくても、どっちでもいい、その程度の友達なのだと、言われた気がした。

両膝の上に額をつけて、暗闇を見つめる。

このまま家に帰ってしまったら、忘れられたことを認めたことになる気がして、お尻が地面にくっついたように、動けなかった。すごくすごく、恥ずかしかった。明日から、一体どんな顔をしてみんなに会えばいいのだろう、と考えると、頭がぐらぐらして、吐き気がした。

頭上から声が降ってきたのは、その時だった。

「みーつけた」

弾かれたように顔を上げる。火花が飛び散ったように、一瞬、視界いっぱいに光が満ちた。

＊

中古のギターを買った。

大学生になって、一人暮らしを始めたばかりの、小さなボロアパートの狭苦しい洗面室で、ギターを手に、鏡の前に立ってみる。

スタイリッシュな黒いギターも、赤いメッシュの入ったお洒落な髪型も、笑ってしまうくらい、僕には似合っていなかった。

指先で、軽く弦を弾いてみる。

幼い頃、音楽好きの父親にギターを習ったことはあったけれど、上達するより前に飽きてしまった。歌うことも、特別好きなわけでもなければ、特に秀でているわけでもない。人前で歌う自信が、あるかないかを聞かれたら、正直なところ、ない。

それでも、合法的に、そして誰にも迷惑を掛けることなく、人探しをする方法を、道を行き交う人々を見張り続ける方法を、僕は、路上ライブという形でしか思いつけなかった。

もう、この世にはいないのかもしれない。

地元を出る前に会いに行ったあの子の母親は、頬のこけた顔に、諦めの表情を浮かべて、そう言っていた。

あの子のことは、もう忘れてくれていいのよ。アサトくんは、アサトくんの人生を歩んでね。きっと、あの子も、アサトくんの幸せを願っているから。

ありがとうございます、と頭を下げながら、それでも僕は、あの子が、ヨルがどこかで生きている可能性を、諦められなかった。

鮮明に思い出す、記憶がある。

学校という小さな箱庭の中で、あの子はいつも、ひとりぼっちだった。

「そんなの、絶対間違ってるよ！」

不正未満のズルも、いじめ未満の仲間はずれも、彼女は絶対に許さなかった。周りから白い目で見られても、空気が読めないと陰口を叩かれても、声を大にして、間違っていると叫び続けた。

そのくせ、ヨルは時折、突然教室から姿を消す。そのとんでもない奇行のせいで、彼女の言葉には、説得力がない。正義の面を被（かぶ）った問題児。周囲の目は冷たかった。それは、僕らが中学生になっても変わらなかった。

集団の中に、埋没すればいいのに。自分の意見なんか、言わなければいいのに。わざわざ目立つことなんて、しなければいいのに。

周囲に馴染むことができないヨルのことが、僕は恥ずかしかった。みっともないと思っていた。

「透明になればいいんだよ。どうしてそれができないの？」

あの時、彼女は泣かなかった。ただ、大きく目を見開いて、僕のことを見つめていた。ギターを持つ手に、力を込める。

高校生の頃、死に物狂いでバイトをした。稼いだお金をすべてつぎ込んで、あらゆる探偵事務所に人探しを依頼しても、あの子は見つからなかった。

絶望して、抜け殻のようになっていた僕に、告白してくれたマヒルの優しさに甘えて、一度は何もかも忘れようとしたけれど、どうしても、忘れられなかった。忘れちゃいけなかったのだと、今は思う。

「みーつけた」

あの日、校庭の片隅で、膝を抱えて泣いていた僕に、ヨルは手を差しのべてくれた。僕が泣き止むまで、当たり前のような顔をして、ただただ側にいてくれた。

ひとりぼっちの寂しさを、知っていたはずだった。なのに、あの子の手を振りほどいたのは、僕だ。拒絶して、無視して、傷つけたのは、僕だ。

大学生活四年間をかけて、今度こそ、ヨルを見つける。僕は彼女に、伝えなくてはならないことがある。

*

水彩画のように、淡い色合いの世界の中を、いつまでも漂い続けている。

時間の感覚を失った私には、自分が目覚めているのか、夢の中にいるのかどうかすら、分からない。もしかすると、今いるここは、おぼろげな記憶の中の世界なのかもしれない。

目に映る、すべてのものの輪郭が曖昧で、実体がない。様々な場面が、声が、古ぼけた映画のように、途切れ途切れに目の前に現れては消えていく。

そんな場所に、長いこといる。


——優等生ぶって、点数稼ぎ?

強く背中を押されて、転びそうになる。振り返ると、クラスメートの女の子たちが、嘲るようにニヤニヤ笑っていた。

切れかかった蛍光灯が、チカチカと点滅している。学校の薄暗い廊下の壁際に、私は追い詰められた格好になる。

だって、こんなのおかしいよ。あなたたちに仲間はずれにされたあの子は、昨日、トイレでこっそり泣いていた。

震える手で、スカートの裾をぎゅっと握りしめる。おびえていることを悟られないように、顔を上げて、必死に叫ぶ。

あなたたちがあの子に謝るまで、私は絶対に許さない。だから、ちゃんと反省して。謝って。

緑色の廊下が、ぐにゃりと歪(ゆが)み、暗転する。

昇降口の隅の方で、女の子たちがゲラゲラ笑っている。

その輪の中心で、私が必死で庇(かば)ったあの子が、私の上履きを踏みつけている。何度も何度も、力いっぱい、踏みつけている。

——あなたと友達だと思われたくないの。

あの子が言う。異様につり上がった目は、視線を地面に縫い付けたまま、決して私を見ようとはしなかった。

だからもう、関わらないで。放っておいてよ。

乾いた笑い声が、降ってくる。

あんたのこと、誰も好きじゃないってさ。かわいそうに。お気の毒さま。

よれよれになった上履きを、拾い上げる。

泣くもんか、と歯を食いしばった。


どこからか、懐かしい音楽が聴こえる。ずっと昔に、好きだった曲だ。

「世界が君を忘れても、僕は君を覚えているよ」

薄ぼんやりとした太陽の下に立つ、背の高い人影。

口に出すのも恥ずかしいような、大袈裟な愛の歌を、男の人が歌っている。

あぁ、あれはアサトだ。ずいぶん大人になってしまったけれど、私には分かる。

行き交う人たちは、目もくれない。誰ひとりとして、振り向きもしない。それでも、何かに取りつかれたように、しがみつくように歌っている。

体育座りをして、私はその姿をじっと見上げる。

自慢げに弾いてみせてくれた、ギターの音色。声変わりする前の、たどたどしい歌声。かっこいいね、と言ったら、照れたように笑った、幼い日のきみのことを、思い出した。


身体が透明になっていく。

誰も、私に話しかけない。誰も、私を見ようとしない。どんなに必死で叫んでも、私の言葉は、誰にも届かない。

　あの子は頭がおかしいから、無視していいよ。意味の分からないことを言って、気を引きたいんだ。だから、反応したら負けだよ。構ったりしたら、調子に乗るよ。

　足音が、遠ざかっていく。何もない、真っ暗な場所に、たったひとり取り残される。

「かくれんぼ」が始まる前から、私はひとりぼっちだった。そのことを、ずっと、受け入れて生きてきた。

「ヨル！」

　ふいに、暗闇を切り裂く声がする。

　遠くの方に、輝くような笑顔が見える。大好きな、アサトの笑顔だ。大きく手を振りながら、私を呼んでいる。学校、遅れちゃうよ。はやく行こう。

「待って、アサト」

　私は、走り出す。地面を蹴って、転げるように、ひた走る。

　アサトさえ私を見てくれるなら、それで良かった。アサトのまなざしだけが、私の名前を呼ぶ声だけが、私を世界に存在させてくれた。

「透明になればいいんだよ。どうしてそれができないの？」

　息が切れる。身体が、どんどん重くなっていく。

　どんなに、どんなに走っても、アサトの背中は、みるみるうちに遠ざかっていく。

日向(ひなた)の方へ、私の手の届かない方へ、まっすぐ歩いていってしまう。
　立ち止まる。
　伸ばした右手を、ゆっくりとおろした。
　もう、届かない。走っても、叫んでも、届かない。
　朝に、夜は追いつけない。
「ねぇ、アサト」
　それでも、叫べば良かったのかな。ちゃんと、伝えれば良かったのかな。
　一緒にいたいと、あなたのことが大好きだと、伝えれば良かったのかな。
　もういいかい。もういいよ。
　ねぇ、もういいよ。
　ひとりぼっちは寂しいよ。透明になんか、なりたくないよ。
　私のことを見て。行かないで、アサト。

　暗闇の中に、オレンジ色の炎がぽつんと灯る。
　道端で、ひとりぼっちのアサトが、身体を丸めてしゃがみこんでいた。
　手には、ひしゃげた線香花火。
　その先っぽで、まばゆい炎が、瞬く間に燃え始める。少しずつ形作られていく、艶やかな金色の光の玉。私は、その隣にしゃがんで、控えめに輝く美しい炎を覗き込んだ。

その時、ふいに、強い風が吹いた。

身を乗り出して、私がとっさに右手を伸ばしたのと、アサトが左手を伸ばしたのが、同時だった。

伸ばした指先が、交差する。

ほんの一瞬、鼻先が触れ合うほど近くに、アサトの顔があった。喉の辺りで、心臓が、どくんと脈打つ。思わず、息をとめた。

じゅ、と地面の焦げる音がした。

次の瞬間、線香花火の灯りは消え、細い煙だけが、呆気に取られたように、ゆらゆらと立ち上っていた。

にわかに、夜の暗さが増した気がした。

差し出したままの手のひらは、水のように透き通り、アサトの指先に触れることは、決してなかった。

夜明けのあなた

日曜日の駅の改札口は、親子連れやカップルたちの明るい熱気が充満していた。

じっとりと背中に張りつくスーツを、一刻もはやく脱ぎたい一心で、僕は、人ごみの中を黙々と歩く。

よそ行きのワンピースを身に纏った女の子が、ぴょんぴょんスキップしながら歩いてくる。隣には、その手を引く母親。すれ違いざま、会話が耳に入る。あたしね、大きくなったら歌手になるの。無邪気な笑顔を浮かべる女の子。母親が、目を細めて微笑む。きっとなれるよ。応援するね。

無責任なことを言うなよ。

心の中で、思わず叫んだ。そして、次の瞬間、そんな自分が猛烈に嫌になる。情けなくて、たまらなくなる。

この先、僕は、どうなるのだろう。

人の波にのまれながら、続いていく日々について、ぼんやりと思いを馳(は)せる。

嘘と愛想笑いにまみれた就活を乗り切って、適当な会社に就職する。満員電車に詰め込まれ、疑問を抱く暇すらなく、ただただ働き、時間を消費して生きていく。

いつかは、好きな人ができるかもしれない。結婚をして、夫になり、父親になる日がくるかもしれない。ありふれたホームドラマの主人公のように、優しい家族に囲まれて笑う自分の姿を、一生懸命思い描いてみる。

だけどそれは、まるで他人事(ひとごと)のように現実味がなかった。幸福な未来を想像するたびに、身の丈に合わない、ちぐはぐさを感じる。

僕は結局、何がしたかったのだろう。何になりたかったのだろう。そもそも、何者かになりたいと願う資格が、僕にあるのだろうか。あの子を傷つけたまま、のうのうと生きている僕に。

その時だった。

ふいに、無秩序に入り乱れていた人混みが、ぱっくりとふたつに割れた。

時間が止まったかのようだった。

一筋の光の道の先に立つ、髪の長い女性の後ろ姿。スイッチを切ったように、ざわめきが消える。周りの景色が、溶けるように消え去り、世界が、僕と彼女のふたりだけになる。

見覚えのあるその後ろ姿が、ゆっくりと振り返る。紺色のスカートが、ふわりとひるがえり、そして――。

「ヨル！」

僕は、走り出していた。

すみません、すみません、と怒鳴りながら、がむしゃらに人混みをかき分ける。がつん、と肩がぶつかり、舌打ちされても、尖(とが)ったヒールに革靴を踏まれても、僕はとまらなかった。

た。

揺らめく人の波の向こうに、彼女の後ろ姿が見える。階段を、二段飛ばしで駆け降りた。

ただの見間違いかもしれない。でも、それでも。

もう会えないなんて、信じられなかった。

「透明になればいいんだよ。どうしてそれができないの？」

あれが、彼女に伝えた最後の言葉になるなんて、信じたくなかった。

警察は、彼女の失踪を、誘拐事件から家出事件の捜査に切り替えたらしい。

彼女の部屋から見つかったノートには、日々の思いが切々と綴られていた。それは、家族も知らない、彼女の心のいちばん深くて脆い部分だった。

ヨルは、学校でいじめられていた。

そのことを、僕はずっと前から知っていた。知っていたのに、助けなかった。それどころか、拒絶した。自分の身を守るために。

もしも、あの頃に戻れるなら。

何度も何度も、繰り返し想像した光景が、頭の中を駆けめぐる。

僕は、彼女を守るだろう。

教室を覆い尽くす悪意も、理不尽も、ともに打ち払おうと立ち上がるだろう。

「行こう、ヨル」

微かに震える、小さな手のひらを、僕は強く握りしめる。

その手を、決して離さない。何があっても、絶対に、離したりしない。

伸ばした手が、今度こそ、彼女の背中に届く。

ごめん、ヨル。ごめんね。

ずっと、ずっと謝りたかった。

許してもらおうなんて、今更ひとつも思っていない。でも、ちゃんと伝えたかった。

ねぇ、ヨル。

本当は、きみを尊敬していたんだ。

大好きだったんだ。

あの日、ひとりぼっちで膝を抱えていた僕を、見つけてくれたのは、きみだけだった。

夜のない世界に、朝はこない。そこにあるのは、虚(うつ)ろな明るさだけだ。

＊

「ヨル！」

名前を呼ばれた時、深い深い眠りから目覚めた気がした。

駅の改札口に溢れかえる人々のざわめきの中に、私は立っていた。

耳を塞ぎたくなるほどの、騒がしい話し声と、反響する足音。むっと立ち込める熱気。

私の身体を幾度となく通り抜けて、絶えず行き交う人の波に、ふらつき、酔いそうになる。

声がした方へと、振り向く。

その先に、必死に人混みをかき分けて進む、男の人の姿があった。

ズボンからはみ出した、よれよれのワイシャツ。ぼさぼさの髪の毛。泣き出しそうなくらいに、張り詰めた表情。

すみません、通してください。張り上げた声が、雑踏を縫ってここまで届く。ヨル、ヨル。繰り返し、私の名前を叫ぶ声が、聞こえる。

信じられなかった。

アサトが、走ってくる。脇見もせずに、まっすぐに、私の方へと走ってくる。

それは、何度も何度も、心の中に思い描いては、打ち消してきた情景だった。

痛いほどの喜びが、胸の底からわき上がり、全身を包み込む。喉が震える。嗚咽(おえつ)が漏れる。

その姿は、次から次へと頰を流れ落ちる涙を、とめられなかった。

その姿は、世界中のすべてから忘れ去られた私が、この世に生きていた証(あかし)だった。

その声は、私が、きみのいる世界に存在していた、しるしだった。

耳の奥で、何かが弾ける音がする。きらめく泡が、はぜる火花が、身体の内側で、眩しく輝いている。

もういいかい。もういいよ。

もういいよ、アサト。

きみが、私の名前を呼んでくれた。

私のために、走ってくれた。

見つけようと、してくれた。

それだけで、もう、充分だ。

「ありがとう」

目を閉じる。

アサトの身体が、私の身体を駆け抜けていく。

風と、ほのかな体温を、感じた。

＊

「どちらさまですか？」

ようやく追いついた背中が、振り返る。顔をしかめて、怪訝(けげん)そうに僕を見上げる彼女は、ヨルではなかった。

額から滴り落ちる汗が、床にぽたぽたとシミを作る。膨らんだ風船がしぼむように、全身の力が抜けていくのを感じた。

両手を握りしめる。顔を上げて、大きく、息を吸い込んだ。

遠くで、蟬の鳴き声がする。

長い長い夏が、今年も始まる。

どんなに深く後悔しても、取り返しのつかないことが、世の中にはある。

変えられない現実を受け入れられずに、もがいて、あがいて、のたうち回っても、どうにもならない。その残酷さを、いくら嘆いたところで、どうすることもできない。そういうことが、世の中には、ある。

「ねぇ、アサト。朝は月が見えるのに、夜は太陽が見えないのって、不公平じゃない?」

開け放たれた小さな窓から、空を見上げる。

寄り添うように立ち並ぶ黒いビルの群れを、穏やかに見守る、群青色の夜空。頷くように、瞬く星。

たゆたうカーテンのような空の裾が、ほんの少しずつ、ほのかに明らんでいく。やがて、マッチに火を灯したような、新しい太陽が、ビルの隙間に、ゆっくりと姿を現す。燦然と輝く黄金色の炎が、静かに、静かに、夜を燃やしていく。色褪せていく空の果てに、白い三日月が、ぽっかりと浮かんでいた。人差し指で、そっと触れただけで、粉々に壊れてしまいそうな、儚い色をしていた。

空気のように、側にいることが当たり前だった。

透明になっていく彼女の、僕は何を見ていたのだろう。目を凝らしていれば、見えたはずなのに、触れようとすれば、感じたはずなのに、僕は気づけなかった。気づこうともしなかった。

今はもう、遠くなった面影を、心の中に思い浮かべる。

僕は、いつか、彼女の顔を忘れるだろう。声も、仕草も、笑った顔も、いつかは思い出せなくなるだろう。

それでも、僕が彼女を傷つけたという、紛れもない事実が消えることは、決してない。その責任を負って、この先の人生を、生きていかなければならない。いつも誰かを傷つけながら、いつも誰かに傷つけられながら、綿々と続く日々を歩いていく。

それは、僕に課せられた義務であり、祝福だ。彼女がくれた、大事な痛みだ。

「朝に夜は追いつけないし、夜に朝は追いつけないけど、アサトと私はいつも一緒だね」

夜が、明けていく。

きみのいない世界は、続いていく。

せめて、きみが、この世界のどこかで、幸せに暮らしていますようにと、震えるように祈った。

埃(ほこり)のかぶったギターの弦を、指先で、そっと弾く。

夏の匂いがした。

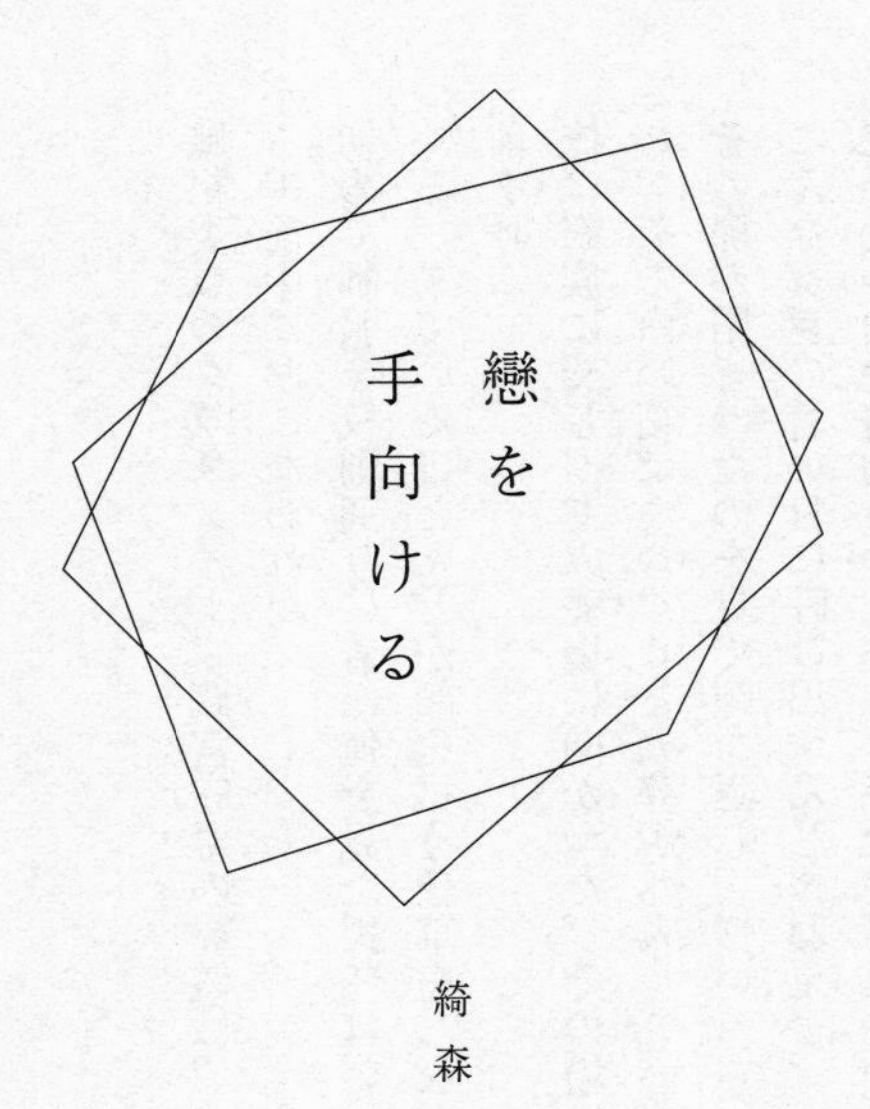

戀を手向ける

綺森

風紀委員のクラスメイト・藤宮守寿の葬儀は、ぞっとするほど雲ひとつない青空が広がる午前中におこなわれた。

初めて制服を校則通りに着た俺を見た担任はいつもの煩い口を結び下手くそな笑みをつくる。来ているほとんどが顔を拭う仕草をしながら棺に花を供え、震えた声で彼女の名前を呼ぶ。

俺は家族に交じって火葬場に向かった。その場にいた全員が焼香を済ませ読経が終わると、その白い箱はゆっくりと火葬炉へ入っていく。

その扉が閉まったのを見て踵を返し、憎いくらいの晴れ空の下に出た。

こんな真夏の暑い日に呼び出すんじゃねえよ。

だいたい白い着物とか化粧とか似合ってなかったし。わたしの体温はあったかいんだよって言ってたけどすげー冷たかったし。マシュマロボディで魅力的でしょって言ってたけどすげー硬かったし。

しばらくすると白い煙が空へあがっていくのが見えた。
あんなのさえあいつは好きだって言うのかな。
そもそもあいつが好きじゃないものって何かあったのかな。

——「いくなよ」
そう、何度も身体の内側で言い続けた。

——「傍にいていいの？」
——「今まで散々ひっついてきたくせに今更それ聞くのかよ」
——「……わたしがもう死んでても同じこと言える？」
——「……言えるよ」
——「じゃあもういっかい言って」
——「いくなよ」
はっと目を開けると、ひどく汗をかいていた。

あいつの夢を見たような、見ていないような。気分を晴らしたくてどうにか息を浅く吸いこむ。

葬儀後の朝だししかたなくね、とだれにするでもないダサい言い訳を頭のなかでつぶやいて布団から出る。

喉が渇いた。

ほっといてこのまま死ぬことができるのならそうするかもしれない。

……もう学校は行かなくていいか。行く気にならない。あきらめにも似た気持ちで部屋のドアノブに手をかけると「だめだよ、学校には行かなくちゃ」と聞きなれたぽてっとした声が後ろから届いた。

「……は？」

何かの間違いだと言い聞かせながら振り向くと、さっきまで俺が寝ていたはずのベッドに、死んで昨日焼かれたはずの藤宮守寿が座っていた。確かにいる。

「気分じゃねーから学校行かなくてもいいやって思ったでしょ？　どんな気分でもお休みじゃない限り行かなくちゃだめだよってずっと言い続けてきたでしょ。直矢(なおや)くんだってがんばってくれてたでしょ」

でしょでしょって、追い詰めてくるみたいな口癖。出会った頃はすげー嫌いだった。

「……いや、……え、なんでいんの、おまえ」

「直矢くんのお部屋好きなんだもん」

「そうじゃなくて。なんで生きてんの？」

声が、震える。

葬儀に出た。その前に行う湯かんの儀とやらにもただのクラスメイトなのになぜか呼ばれて、冷たくなったこいつの身体を拭くのにも付き合わされた。死化粧が施されていくのを眺めて納棺を見届けた。なのに、なに、あれって、あれが、夢だった？　それは少しだけ近づくと彼女から腕を差し出してきた。摑まえようと手を伸ばせば、それは重なることなくすり抜ける。陳腐な映画のワンシーンかよ、と冗談にしてはおもしろくないことを思う。

ぽってりと、言葉を置いていくような喋りかたをする彼女は、やっぱりねえ、と言って笑った。

「え、なに……おまえ、幽霊ってこと？」

「そうみたい。すごいでしょ」

すごいでしょって、自分でも信じられないみたいな顔してたくせにすぐに開き直って自慢げな態度をするの、今はやめろよ。本当、冗談じゃねえよ。

「こっわ！　俺がホラー苦手なこと知ってるよな？　イヤガラセかよ！」

触れないとか本物じゃねえかよ。ふざけんなよ。前に無理やりホラー映画を見せられた時と同じくらいイヤガラセみを感じる。

「しかたないでしょ」

何がしかたねえんだよ。

何してんだよ。なんでいるんだよ。幽霊ってなんだよ。今まで過ごした俺たちの時間は、なんだったんだよ。

「わたしだって成仏する気満々だったのに……直矢くんが引き留めたんでしょ」

追い詰めるどころか、責めるような台詞。

「いくなよって。直矢くんがそんなこと言ってくれるとは思わなかったから、うれしかったんだよ」

にっこり。本気でうれしそうな笑顔。のん気で能天気なやつって死んでものん気で能天気なんだな。

この状況、俺のせいなのかよ。

「責任とってね」

「……責任？」

「そう。これからもずっと傍にいて。……傍にいさせて。今までみたいにだよ」

生きていても、死んでいても、藤宮守寿は俺のことを振り回すのがこの世で一番得意らしい。

だったら死ぬなよ、と、こっちも責めたいような気持ちになった。

口酸っぱく注意され気乗りしないまま学校へ向かうと、藤宮守寿の席は、まだ教室の中心に置かれていた。

クラスメイトのなかではまだその席に持ち主がいる設定らしく、登校してきたやつらから順に「おはよう、守寿」と声をかけていく。

確かに風紀委員だった彼女はいつも、だれよりも早く登校し、クラスメイト全員と朝のあいさつをしていた。

「みんな優しい！　おはよう！　あ、七重が揺れるピアスつけてない！　気に入ってたはずなのにえらい！　トウシバくんは怪我してない！　昨夜はけんかしなかったんだ、えらい！　千歳くんも個性的な柄のシャツ着てない！　えらい！　あれくらいならゆるしてあげたかったんだけど……うう……みんなえらいよ、感動するっ」

本人は俺の隣で感動しながらはしゃいでいる。もちろんだれも反応しないから、俺にしか見えないし聴こえないんだとわかる。本当にただの幽霊じゃねえかよ。

どうしたら成仏すんのかな。俺に憑いてんのかな。除霊とかすればいいのか？　そういうのってどれくらい金かかるんだろう。

「直矢くん、わたしのこと幽霊扱いして悩んでるでしょ。顔に出てるよ」

うるせえなこいつ。話しかけてくんなよと目で訴えたけどそれには気づかないふりをして「お祓いはいやだなあ。悪霊みたいだもん」「というかべつに良くない？」「いっしょにいられるんだから良くない？」と同意を求めてくる。

こういう、自分の考えてることは基本的に正しい、みたいな感じも最初はすげー嫌いだったし今でもめんどくせえなって思う。とりあえず無視。周りから変な目で見られたくはない。

「一時間目は数学だね。寝ちゃだめだよ」

隣でそんな話しかけられたら寝られるかよ。

「わからなかったらこっそり教えてあげるね」

「いらねえ。ほっとけ」

我慢ならず、声をひそめて文句を言う。

「やっと返事してくれた。でもしーだよ。みんなにはわたしのこと、見えないみたいだもんね」

「…………」

そんな淋しそうな顔するくらいなら、さっさと成仏できたほうが良くねえか。

——「いくなよ」

あんなこと、思わなきゃよかった。

「入海」

　いつまでも風紀委員ぶって口煩い藤宮守寿のことを無視して体育をサボってプレハブ教室に向かっていると、その途中の渡り廊下で佐原七重に話しかけられた。

「サボり？」

「そーだけど」

「ふうん。守寿がいたら引き戻されそうだね」

　まあ、隣にいるんだけど、触れられないならこっちのもんだよな。

「気に入ってたピアスやめたんだ」

　派手な制服の着こなしと化粧。大ぶりのチェーンピアス。「かわいいから学校にじゃなくてわたしと遊ぶときにつけてきてよ」って藤宮守寿は八方美人な口ぶりでよく佐原を注意していた。

「うん。もう守寿に会う日にしかつけないって決めてたからね。えらくない？　それなのにあんたはサボりかよ」

　まだ何も受け止められていないかのような台詞に、佐原には見えない彼女の表情が、俺の視界だけで淋しそうにゆがんだ。

「そっちはサボる気ないなら早く校庭行ったほうがいーんじゃねえの」

親切で言ったつもりが、佐原は苛立ちを顔に出した。めんどくさそうな雰囲気を感じて背を向ける。……こいつも、俺と同じ。

「入海さ」

俺だけが藤宮守寿にとって特別なわけじゃない。

「あんた、守寿がいなくて、大丈夫……？」

藤宮守寿は誰にだって優しくて、人懐っこくて、純粋で、真っ直ぐで、八方美人もおせっかいも長所にしてしまう。そんな彼女がもういないこと、だれもが懸命に受け入れようとして、それでいて、受け入れられずにいる。

大丈夫なわけねえよ。

だから、まだこいつはここにいるんだろう。

その問いかけに返事をすることができなかった。

藤宮守寿と初めて話したのは高校へ入学して半月が経った頃。

風紀委員として正門前で挨拶運動をしながら生徒の校則違反チェックをしていたあいつの前を通った瞬間、がっしりと腕を摑まれ「ねえ、不良はもう流行ってないよ」と笑われた。

なんだこいつ、と思っていると、つま先で小さい背を持ち上げてネクタイに手をかけてくる。気づいた時にはぎゅうぎゅうと締め上げられてその場にいた全員の笑いの的にされた。

「ふざけんなよおまえ」

「風紀委員がけんかするのはまずいなあ。柔道で勝負する？」

「するかよ、うぜえ」

「きみは入海直矢くんですね。今日は入学式ぶりの学校でしょ」

それなのになんで俺の名前知ってんだよ。

気味が悪いような、居心地の悪いような、そんな気分がしてその場から逃げるように立ち去った。

藤宮守寿との二度目ましては、古いプレハブ教室で体育をサボっていた時。

窓際で仰向け（あおむ）けに寝そべっていると、そいつは「二度目まして、入海直矢くん」と仁王立ちで覗（のぞ）き込んできた。

「オリエル窓で眠るの、なんだかいいね。わたしにもその場所貸してほしいなあ」

何が良いと思ったのかわからなかったけれど、藤宮守寿にとっては何かが良かったようで、半ば強引に隣に座ってくる。さすがにふたりで並ぶのには狭いスペース。近くなった距離に顔をしかめる俺と、満足そうに笑う藤宮守寿の横顔。傍から見ればおかしな図だろうな。

「風紀委員がサボりかよ」

隣のクラスだから合同体育のはず。

「サボりではないよ。課題はやったもん」

なんだそれ。課題やれば体育出なくても良いとか、そんなん聞いたことねえよ。

怪しんでいると「信じてないでしょ」「まあどっちにしろ入海直矢くんもサボってるんだから人のこと責められないでしょ」「わたしだってきみのこと注意してないでしょ」って得意げに言う。でしょでしょうるせえな。

「入海直矢くんの髪って本当は何色なの？」

「……は、なに」

「は、なに、じゃなくって。わたしは地毛が茶色いんだよ。いいでしょ」

そう言って長く伸ばした髪の先を持ち上げる。確かに染めたみたいに茶色い。でも、傷みはない綺麗なそれに、目を奪われそうになって、その理由がわからず視線を外した。

「あっそ」

「あのね、校則って縛り付けられるみたいで嫌かもしれないけど、守っていれば学校生活が豊かになるからさだめられているんだよ。わたしはね、そう思ってるの」

なんか語り出した。

めんどくせえな、と思ったけど、説教にしてはあまりにも楽しげに話すから何も言えなくなる。

「派手な格好をしていれば悪いことをしているひとに見られちゃう。そう疑われれば反抗したくなるし、どうでもいいやって気持ちになる。そんな気持ちになったらできることが狭くなっちゃう。狭くなっちゃったら自分のこと、何も持ってないって思っちゃわない？　わたしはね、そういうの、もったいないことだなあって思ってて……だから風紀委員になったの」

聞いてない持論。

あっそって突っぱねてやりたいくらい、型にはまった考えかた。

おまえみたいなやつがいるから、派手な格好をしているだけで悪いと思われる。何もしていないのに疑われる。疑われることに腹が立って何もかもどうでもよくなって、何かをあきらめて、何も持っていない自分になっていく。……あれ、けっきょく、こいつの言う通りかよ。

「でもね、本当は、髪が白みたいな金色だって、揺れるピアスをつけていたって、爪が真っ赤だって、つけまつげをつけていたって、かろうじて制服のズボンを穿(は)いてるだけだって、逆に真面目にしっかり校則を守っていたって、部活や勉強をがんばっているひととけんかをがんばっているひと、どっちだって、悪いことじゃなくて、みんなが『べつに誰がどんなでもどうでもいいや』ってなれる、みんなが来て楽しいって思えるような学校にしたいんだよね」

楽しそうに話す風紀委員。それは理想が詰まった、現実にするには長い月日がかかりそうな、たくさんのがんばりが必要そうな、けっきょく叶わなそうな、だけど叶わなくたってべつに良いと思っていそうな、そんな話。

絵本を読んでいるみたいだなって思った。

「その髪、本当はわたしの髪よりもずっと綺麗」

「………………」

「でもその外見でつんとした態度ばっかりとってたら、ぴりぴりした空気になって、みんな、きみのことこわいひとだって思っちゃうよ」

「……べつに良い」

「きみはよくても、みんながこわい思いをする。それってどうなんだろうね」

「………………」

「大丈夫だよ、わたしとは話せるんだから、入海直矢くんは大丈夫」

勝手なことだけ言い残して彼女は行ってしまった。

なにが大丈夫なんだよ。一方的に喋ってただけじゃねえか。自分が基準なんだろうな。

どういう生き方してきたらそんなふうになれるんだよ。くそうぜえ。

そもそも二度目ましてってなんだよ。話が長えよ。理想ばっか語ってんじゃねえよ。どうせ今思ったこと全部ぶつけたら「わたしの勝手でしょ。きみと同じ」って責めるみたいに言うんだろうな。

〝大丈夫だよ〟

自分基準の何の保証もない言葉が頭のなかで繰り返されて、しつこくて、すげーめんどくさくて、うざくて、半ば投げやりに、俺はその日初めてクラスメイトと話をした。

それは提出物を渡す時だけのささいな会話だったけれど、恥ずかしくなるくらい、確実に、藤宮守寿の熱を浴びた影響だった。


出会った頃のことを思い出してしまうのは、この現実離れした状況のせいだと思う。

「ねえ直矢くん、七重の言葉聞いたでしょ？　わたし、泣いちゃいそうなんだけど、どうしよう」

中庭に着くなり騒ぎ出すから、うるせえな、と文句をつぶやく。

すると彼女はぐっと身を寄せて「泣いたらなぐさめてくれる？」と涙を溜めた目でこっちを見上げた。

「ダルいから泣くな。おまえって泣くとけっこう本当にダルいからな」

「わかった、泣かない！」

泣かないのかよ。我慢できるのかよ。それなら最初からそうしろよ。

長いため息をわざとついて訴えたつもりが、彼女は涙を拭って笑いはじめた。

表情がころころ変わるから、いつも、追いかけるのが大変だった。

「直矢くん、体育得意なんだからちゃんと出ればいいのに」

「着替えめんどくさい」

「なんでもめんどくさいで片づけたらいろんなもの逃がしちゃうでしょって何回も言ってるでしょ」

まあ、最初は本当にただ着替えが面倒だっただけ。

いつの間にか藤宮守寿と会う時間に変わってったから、今日はつい足がここに向かった、なんて恥ずかしいこと、口が裂けても言えないけれど。

「次の体育はちゃんと出てね。わたし、直矢くんの体操着姿って気に入ってるの」

「……いや、なに笑ってんの」

「ぶふふ……、だって、ぶふふっ」

ぶふふじゃねえよ。変な笑いかた。この笑いかたは人のこと揶揄（からか）っている時。

つまり体操着姿が似合わなくておもしろいって思ってんだろ。うぜえ。こういうところは最初も今も変わらずすげー嫌い。

「ねえ、直矢くん、手繋ごうよ」

こういうところも、すげー嫌い。

「繋げねえだろ」

「物理的には繋げないけど、手を重ねて、そうした日のことを思い出せば、繋いでるみたいになれるでしょ」

物理的にって色気ねえな。

手を差し出される。ちゃんと指のぎりぎりまで切られているのに縦に長い綺麗な爪のかたちも、長い指も、自分のお気に入りなんだって何回も聴かされた。

これから先、あと何度、思い出す羽目になるんだろう。


手を添える。温度も感触もない。だけどきっと藤宮守寿は、ちゃんと手を繋いだ記憶をたどってるであろうやわい表情を浮かべている。

嫌だって断っても無理に結んできた手。何度かしたはずのその行為より、この間の冷えた硬い手のことしか、思い出せなかった。

本校舎の一階から渡り廊下を通ると、体育館かプレハブ教室のどちらかへ分かれる。プレハブ教室には図書室と使われていない軽音部の部室があって、彼女がオリエル窓と呼んでいた出窓が俺のサボり場だった。

静かなその空間が気に入っていたのに、二度目ましてから何度かおせっかいで口煩い風紀委員に眠りの邪魔をされ、そろそろ違う場所を探そうとしていた頃、彼女は突然ピアノを弾いた。

古いそれには埃が被っていたのに、そんな音出せるんだ。そう思ったけれど彼女は気に入らなかったようで「調律されてないなあ」とぼやいた。

「つーか、起こしにきたんじゃねえのかよ」

「え、起こしにきたんだよ」

「じゃあなんで子守唄弾いてんの？」

「……直矢くんに弾いてあげたい曲って思ったら、これだった」

なんだそれ。こいつのなかの俺のイメージって寝てるやつってだけかよ。だいたい弾いてほしいなんて頼んでないし。

「ピアノ弾けるんだ」

「小さい頃に少し教わっただけなの。むずかしい曲は弾けないよ」

ひとつ聞くと、彼女はうれしそうにふたつやみっつ言葉を返してくる。多い時はすげーめんどくさい。たぶんこの世で一番めんどくさい女。

それでも聞いてしまうのは、いつも楽しそうだからだ。何が楽しいのかさっぱりわからないけれど。

「藤宮守寿、ピアノ好きなのになんでやめたの」

聞いたが最後。

質問されたことがよっぽどうれしかったのか、ぱあっと明るくなった表情に嫌な予感しかしない。

「ピアノというか、基本的になんでも好きだよ！　そのなかでも特にお気に入りなのはね！　ピアノのシの音でしょー、氷と氷がぶつかる音も好きでしょー、電話で聴くもしもしって言葉でしょー、ご本でしょー、色は青系が好きでー、うめぼしの後に飲むお水でしょー、デイリーヤマザキで買える胡麻饅頭(ごままんじゅう)でしょー、夏に履くビーチサンダルで親指とひとさし指がちょっと痛くなることでしょー、公園のブランコに、女の子がヒールの靴履いたときに足の甲に浮く血管でしょー、病院の看護師さんのお姉さんっぽい話し方とかカレンダーに丸付けするのも好きー。あとはこうやって好きなもの数えるために指折るのとか、たればんだのぬいぐるみとか、アニメと漫画も好きだし……あ、特にバトル系とスポーツ系はね、けっこうチェックしてるんだよー。あとは映画館と水族館と美術館みたいにナントカ館ってつく場所と背もたれがない椅子と猫ちゃんと犬くんと大きい動物と……あ、動物園も好き！　それから色は青が好きで……これはさっき言ったよね。あと、お友達の夏凜ちゃんのトレードマークの星形のぱっちんどめも可愛いし、海は世界で一番好きな場所でしょー。お豆腐でできたハンバーグも好きで……ねえ直矢くんはデミグラスソース好き？　わたしはデミグラスソースが一番好きなんだけど好き？」

うわ、すげー多く返ってきた。好きって言いながらこいつ途中で指折り数えるのやめてたし。自分で飽きてどうするんだよ。

げっそりしてる俺に気づいていながら身体を揺さぶってくる。「ねえねえ」「デミグラスソース好き？」って。

うざすぎて無理。そう思って引っぺがしたのに彼女は好きなものを紹介できたことが満足なのかにこにこと笑っている。

「デミグラスソースが好きかもそうなんだけどね、直矢くんの好きなもの、知りたいなあ」

しつこい。うざい。めんどくさい。ダルい。うざい。おせっかい。八方美人。自分のことはだいたい正しいと思っていそうな態度。強引で、土足で踏み込んでくる。すげー嫌い。

……だけど、そうやって裏も表もない笑顔をされると、たまらなくなる。

どーでもいいや。そんな感じ。

こいつが近くにいると、どうしてか、そういう気持ちになれた。

「……藤宮守寿」

「はい、なんでしょう」

「質問の答え、藤宮守寿」

解(わか)れよ。

静かに視線を合わせた瞬間、普段余裕しか見せない彼女の顔が真っ赤に染まった。

色は赤が好きかも。なんて、バカみたいなことを本気で思った。


デイリーヤマザキで胡麻饅頭を買って食べていると、うらめしい視線を隣から突き刺された。自分は食べられないからってそんな顔を向けられると食いにくい。

「しかたねえだろ、おまえ死んだんだから」

「そうだけど、わたしの大好物を目の前で食べることないでしょ」

「じゃあどっか行けば。俺は食いたいから食ってんだよ」

売り言葉に買い言葉。いつもみたいなやりとりをしたつもりだったけど、藤宮守寿は初めて見るような表情を浮かべた。

「……え、もしかして怒った？」

　怒るとかふてくされるとか機嫌をそこねるとか、そういうことは今までなかったから、ちょっとだけ興味が出る。

「おこってないもん」

「いや、怒ってる。初めて見た。すげー」

「なんにもすごくないでしょ！」

　いや、すげーだろ。あれだけ付きまとわれていたのに初めて見る顔がまだあったんだ。すげーだろ。

　そりゃ本当は分けてあげたいけれど、できないことはしかたねえよ。手と違って口にかざしても食べた気になんかならねえだろうし。

「食べながら歩いたらだめでしょ」

「あーはいはい」

　自分が食べられないからって口煩い。

　よくふたりで立ち寄った公園に着くと藤宮守寿は真っ先にブランコに駆け寄って座った。

「え、なんで。座れんの？」

「座れた！　すごいでしょ！　感覚はないけど！」

「それ空気椅子してるだけじゃねーの」

「えーでも足つらくないよ」

「ふうん」

　ブランコを囲う鉄棒に寄りかかろうとしたらもう片方のブランコを指さしてくる。すぐに首を横に振って嫌がった。

　傍から見れば男子高校生がひとりでブランコなんか乗ったら変だろ。こいつ、俺のことは何も考えてないな。

「ねえ胡麻饅頭おいしい？」

「うん」

「わたしが最後に食べたの、直矢くんがこっそり病室に持ってきてくれたやつだ」

「ああ、あれね。見つかりそうになってやばかったよな」

「ねー。スリル満点で楽しかったよね！」

　楽しんでいたのはこいつだけで、俺はバレたらこいつの親に怒られるんじゃねえかって内心びくびくしてた。こいつにとっても良いことだとは思っていなかった。

　デミグラスのハンバーグも、胡麻饅頭も、夏の海も、氷入りの飲み物も、映画館も水族館も美術館も動物園もあきらめないとならなくなった藤宮守寿は、それでも毎日新しい好きなものを見つけて、すげーやつだなって思って。食べさせたのは、そうやって生きてきたことへの、俺ができるちっぽけなごほうびのようなものだった。

「あれ、食べられて本当によかったなあ」

俺のことを褒めるみたいに笑う。

「未練があると成仏できなそうだって言ってたからしかたなくだよ」

それなのになんで、まだここにいるんだよ。

俺の情けない声なんて無視してくれたらよかったのに。

「……ねえ直矢くん、ぎゅってして」

「できねえだろ」

「大丈夫だよ。いっぱい憶(おぼ)えてるもん」

そんなにしてねえんだけど。

いいとは言っていないのに飛びついてくる。それなのに当たり前のように勢いは感じなかった。

背中にまわったであろう華奢(きゃしゃ)な腕。

そういえば、今の藤宮守寿は、死ぬ前と違ってちゃんと丸顔。

揶揄ったつもりでいると「愛らしいでしょ」って得意げになるから言わないけれど。

だけどやっぱりすぐに頭のなかに現れるのは、最後のほうに見た、丸顔の面影もない、細くなりすぎてうまく抱きしめられなかった姿だ。

気持ちを伝えてから、イヤガラセかと思うほどの付きまとい行為は一切なくなり自由にサボれるようになった頃、藤宮守寿と同じクラスになった。

口煩いくせに人気者。男女問わず、生徒だけでなく教師たちからも好かれ、まわりに人がいない時間なんてない元気な姿は、正直おもしろくなかった。

好きなものなんて、今まで考えたことない。

ハンバーグに何がかかってようがべつにこだわりもない。

俺のことを知りたいと言ったくせに、あれ以来、あの毎日の迷惑行為がうそだったみたいで。身勝手すぎるだろ。

そりゃ俺もらしくないことを言ったなって自分でも後悔してる。けれど、やっぱり腹が立っていた。

振り回された、なんて被害者ぶりたい気分だ。

もう二度と関わらない、と子供じみたふてくされかたをしていた。

その朝はいつも通り明るく笑っていた。

英語の授業は担当教師のキャラクターもあって参加型。

いつもの藤宮守寿だったらクラスメイトと一緒になって英文をつくったり発言をするのに、ひと言も発さない。ずっと俯いている。

様子がおかしいとは思っていた。ふたつ隣の席からなんとなく、本当になんとなく気にかけていると、その身体はぐらりと横に傾き出す。

「おい……っ」

居眠り？　何？　よくわからない。

荒く席を立って彼女が床に倒れる前に身体を受ける。

「藤宮、藤宮守寿っ」

どうしたんだよ。

青白い顔。咳こみながら乱れた呼吸。汗で張り付いた前髪。不自然なまでに上下する肩。突然のことに教室中がパニックになっていた。

英語教師が養教を呼んで、様子を見に来た養教が救急車を呼ぶ。何が起こっているのか、彼女が救急車に乗せられる姿を見てもよくわからないままだった。

担任に呼び出されたのはその五日後。

未だ教室に来ない藤宮守寿は胃腸炎ってことになっている。あんなん胃腸炎なわけねえよ。

「藤宮さんがお見舞いに来てほしいんだって」

「……は？」

人のこと避けといてなんなんだよ。

さすがに調子が良すぎるだろって、八つ当たりするように地面を蹴りながら、地元で一番でかい大学病院に向かう。

どこに行けばいいか迷っていると「すごい色の頭ねえ」と言いながら看護師か何かが受付のやりかたや病室への行きかたを教えてくれた。変なキャラクターのキーホルダーが受付済みの印らしく、制服のボタンに引っ掛けられるかたちでつけられた。すげー恥ずかしい。

とある病室の前であいつの名前があることを確認した。ひとり部屋らしい。無言で開けて中に入ると彼女は丸い目をいっそう丸くした。

「おまえが来いっつったんじゃねえのかよ」

何びっくりしてんの、こいつ。あまりにものん気な顔をするから苛立ちが薄れていく。これはもう、藤宮守寿の魔術だと思う。

「だって……避けたこと、おこってると思ってたから……来てくれないかと……」

なんつう声だよ。

弱々しく、震えている。

来てくれないかと思ったって?

みくびるなよ。

俺の気持ち、たぶん、何もわかってないんだ。だから不安そうに待ってたんだろ。

「べつに、どーだっていいよ」

「……ありがとう」

「うん」

「直矢、くん」

「なに」

「……直矢くん、来てくれて、すごくうれしい」

それならいつものように笑えばいいのに丸い目から涙が何粒もすべり落ちる。

鼻水も出ている。ティッシュを押し付けると色気もなくかみはじめたから、らしくなくてもちゃんと藤宮守寿だなって思えた。

だけどいっこうに泣き止まなくて、正直困った。

まともに人と関わってこなかったことが敗因だろう。どんな言葉をかけたら笑ってくれるのか、ぜんぜんわからない。

白いベッド。ひとりきりの無機質で薄暗い部屋。付いていないテレビ。泣き顔の彼女。

「……俺、どうしたらいい」

堪えきれなくなって頼るように問いかけると、藤宮守寿は両腕を広げた。

「じゃあ、ぎゅってして」

「……は？」

思わず後ずさると、彼女はぷふふと笑い出した。

「いやここで笑うのかよ」

「直矢くんが真っ赤な顔で照れるからでしょ」

「おまえだってあの時真っ赤な顔してたからな」

「それは、しょうがないでしょ。同じ気持ちだったこと、今までで一番うれしかったんだもん」

じゃあなんで。

その言葉はなんとなく声にできないまま飲み込んだ。

「で、ぎゅっとしてくれないの？」

「……退院したらな」

「じゃあがんばる。今までで一番がんばるよ」

今までで一番って言い過ぎじゃね。どんだけだよ。

だけど俺にとっても、今までで一番の時間だった。

「うん。俺が応援してやるよ」

「ぶふふ。それは頼りがいがあるね」

「揶揄ってんだろ」

なんでもいいや。どうでもいい。

閉め切られていたカーテンを開けると、彼女はまぶしそうに目を細めた。

「久しぶりに見た、青い空」

しばらくして、彼女の家族から病名を聞いた。幼い頃からずっと思っていて、完治することはないと知った。

プレハブ教室の図書室や図書館で分厚い本を読んだ。パソコンで検索した。自分なりに調べた。時には彼女と仲が良い看護師を捕まえて、彼女の病気のことを知っていく。

彼女が俺を避けたこと。

それでも、今は俺の傍にいてくれること。

明確な言葉や定義は何もなかったけれど、その理由は痛いほどに伝わってきた。

当たり前のように隣を歩く藤宮守寿の姿が、今は俺にしか見えないことが、まだ信じられない。

この状況は呼びとめた俺のせいらしい。そう思うと、何かしてやらないといけない気がした。

　このままじゃ、だめだろ。彼女との日々を思い返すと、そんな気持ちが迫ってくる。

「つーかおまえ、どっか行きたいところとかある？」

「どうして？」

「聞き返してくんなよ」

「うーん。だいたい生きてる間に行ったからなあ。ハワイかインドには行きたいけど」

「本気なら行ってもいいけど」

「今ならひとりぶんのお金で済むもんね」

　そう思ったこと、バレてる。

「うそだよ。正直ない。たくさん行ったもん」

　そうなんだよな。じゃあ本当に俺が引き留めたからここにいるってこと？　なんかきついわ。

　どうしたもんかな。

　このまま近くにいたら、こいつ、いつか絶対泣くと思う。だったらさっさと成仏できたほうがいいだろ。

「いくなよって言ったのうそだからいけよ」

「もー、投げやりにならないでよ。ちょっとめんどくさいって思ってるでしょ」

本当は思ってないけど、思っていないフリをしてやってもいいやって思うから無視をする。

とりあえず今日は帰るか。

「ぶふふ。うち、お泊りだめだったから、直矢くんと同じお家に帰れるのうれしいなあ」

のん気だな。こっちはけっこう嫌。だいたい来るなら片づけたかった。来るっていうかいたんだけど。

「そういえばお部屋にわたしと撮った写真飾ってあったでしょ」

「うるせえよ」

飾らなきゃよかった。

「わたしがおすすめしたまんがもご本も置いてあったでしょ」

「見間違いだろ」

おまえが買え買えって煩いからしかたなく買ったんだよ。読んでみたら本当に良くて、くやしかった。

「前にお邪魔したときはなかったのに」

隠したんだよ。いちいち指摘してくんじゃねえよ。

「うるせえ、黙れうざい」

「照れてるー」

あー嫌い。すげー嫌い。でも笑ってるの、魔術。ずるいよな。

言い合っていると、ふいに強く風が吹いた。

そういう時は必ず目をつぶって、風が過ぎ去るのを待って、そのあと「冷たかった」「あたたかかった」「金木犀（きんもくせい）のにおいがした」「ネコバスが通ったかも」「雨が降りそうだね」って、絶対に感想を言ってくるやつだった。

だけど触れられない藤宮守寿の茶色い髪はなびくこともなく、ぬるい夏の風についても何も言ってはこなかった。

長いな、と思っていたけれど、どうやら今までで一番短い入院生活だったらしい。

退院した彼女は絶好調に風紀委員の仕事を全うしながらも体育の時間だけ俺とサボる。

こいつはサボっているわけじゃなかったのだけれど。そのサボりの時間と下校の道のりは、主にピアノを弾いているのを聴かされたりテスト勉強をさせられたり好きなものの話を百個くらい喋られたりする時間になった。

百五十センチの身体のなかに、毎日、毎時間、いや毎分毎秒、話したいことが出来上がるらしい。

よくそんな喋れるなと尊敬しそうになるくらいノンストップ。ぽってりとした話しかたをするから聞いたことのだいたいが俺のなかにも残る。だから百七十八センチある俺のほとんどがこいつの言葉で埋め尽くされているんじゃないかと思う。そんなわけないけど。まるで魔術に侵食された脳内がつくり出した、浮かれた喩え話。


「あのね、直矢くん、お願いがふたつあるんだけど聞いてくれる？」

「内容による」

「そこはどーんとなんでも聞くよって感じにしてもらいたかったな」

何かを企んでいそうな顔して言うから思わず身構えてしまった。

振り回されてるって思ってるから、改まってお願い、なんて言われたら振り回されるどころじゃない気がした。

「じゃあ言うよ。ひとつめ。直矢くんの家に行ってみたいです」

言っていいなんて言ってないのに。にこにこ。こういう効果音が似合う笑顔をする。

こっちまでその人生に巻き込んでくる顔。

「……は？　嫌に決まってんだろ」

「決まってないでしょ。明後日の土曜日に行くね」

そっちは決定事項かよ。

ほらな、振り回される。良いなんて言ってないのに「楽しみだなあ」って、自分ならなんでも許されるとでも思ってんじゃねえの、きっと。

完全にこいつのペース。いつもそう。ため息をついても、文句を言っても、何をしても、敵いっこない。

土曜日、朝の八時に呼び鈴を鳴らしてきた藤宮守寿に「早いんだよ寝かせろよ」とさすがに怒ったけどぜんぜんへこたれず、「眠っていてもいいからね」と家主みたいな口調で言われた。本当に敵いっこない。

部屋は昨日のうちに片づけておいた。実は体育祭の時に無理やりふたりで撮らされた写真を置いていたから、それは一番最初に隠した。

「おうちのひとは？」

「姉、デート。父母、デート。弟、野球」

「そうなんだ。直矢くんのお父さんとお母さん仲良しだね」

「仲良すぎて気持ちわるい」

「そう？　わたしもおふたりみたいにいつまでも直矢くんと仲良くいられたらいいなって思うけどなあ」

なんてことないって口ぶりでつぶやかれた言葉は、うれしいはずなのに、切なく響く。

投げやりな言葉をつぶやくと、照れてる、と彼女は楽しそうに俺を揶揄った。

のん気なやつだな。

部屋に入るとくるくると見渡して、「直矢くんのお部屋が病室だったら毎日入院したい！」と不謹慎なことを堂々と言ってのけた。意味わかんねえ。無視しよ。

「卒業アルバム見たいな」

「嫌」

「じゃあ何をするの？」

こっちが聞きたいんだけど。

しかたなくアルバムを差し出すと「ありがとう」と満足げに言った。

ぱらり、とページをめくる音。

何組？　と聞かれて、わすれた、と答えた。

小学校も中学校も思い出は何もない。アルバムだってただもらったから部屋に置いてあるだけ。

「ぶふふ、見つけた。直矢くんの本当の髪の毛って真っ黒なんだね。小学生の直矢くん、すごくかわいい。弟にしたい」

「黙って見れねえの？」

「あっそ」

「黙って見てたら直矢くんがつまらないでしょ」

弟みたいとかかわいいとか言われてもべつに楽しくない。それなのにこいつは、自分が一緒にいるだけで俺が楽しくなると思ってるみたいな態度をいつもする。お気楽だよな。

「あ、ねえ見て、中学生の直矢くん、顔にけがしてる。これで写真撮ったの、問題児みたいだね」

実際そうだったと思う。よく高校行けたなって感じ。しかもこいつみたいに真面目にがんばってるやつが受かるような学校に。

「でも直矢くんは、ただみんなと同じことをするのが苦手なだけなんだよね。というか、周りのことぜんぜん気にしてないしどうでもいいって思ってるからみんなが何してるのかどう思ってるのか知らないだけなんだよね」

「……なに、わかったような、こと」

「わかるでしょ。人類が全員直矢くんだったら絶対世界平和だよ！」

俺は中学の時、親にやることないなら勉強しろって口酸っぱく言われたからやって高校に合格した。

それでもって、実は藤宮守寿はちょっとバカ。真面目な態度でそれを誤魔化すのがうまいだけ。今の発言がそれを表してる。こんな能天気な台詞を聞いても、こいつと同じ高校に入れてよかったなって思うなんて、傍から見れば変なふたりだと思う。

「全員俺とか、きしょ」

ちょっと想像して眉を寄せる。こいつの頭どうなってんの？

「直矢くんはすごくかっこいいから気色わるくなんてないよ！　あ、でも、わたしはきっとそのなかでも今ここにいる直矢くんのことは絶対に見つけられるよ」

全員俺なんじゃねえのかよ。藤宮守寿ワールドに水を差すとうまく丸め込もうとよけいにめんどくさいことになるから心のなかでつっこむ。

「あのさ、前から思ってたんだけど」

「なになに？」

そんな身を乗り出されるようなことじゃないんだけど……勝手に期待されても、困る。

「あんまこう……さらっと褒めるようなこと言わないでくんない？　慣れてねえんだわ、おまえみたいに直球な感じも、褒められることも。人と話すことも得意じゃねえのに
……ぜったい見つける、とか、か……こいいとか……」

言わなきゃよかった。言った瞬間後悔した。今までで一番の後悔。しょぼ。

「直矢くん、こっち向いて」

「……無理」

「無理じゃないでしょ。ねえ、わたしのこと見て」

そういうわりに強引な手のひらが、やわく頬を包んでくる。

ぐっと向かされ視界に映った藤宮守寿のことを思わず引き寄せると、もっと強いちからで彼女の腕が背中にまわった。

心臓あたりで名前を呼んでくる、こもった声。

嫌いだなって思うところもあるのに、それはたぶん本気じゃなくて。

いや、確かに嫌いなんだけど、それも含めて、それ以上の気持ちが俺にはあって。

魔術なんかじゃないこともわかっていた。

すげー嫌い、より、すげー好きだな。

できれば二度とひとりきりの無機質な部屋にいてほしくない。似合わない。傍にいたい。

そっと距離をつくると、揺れる瞳がこっちをとらえた。

なに、その、不安そうな顔。

なんで今、そんな顔すんの？　ぜんぜんわかんねえよ。

「直矢くん」

「……なに」

くちびるを寄せようとした俺の鎖骨あたりをそっと、だけど確実に押し返してくる。

「あのね、ふたつめのお願い」

「……なに」

本当は聞きたくなかった。

聞いたらどうせ、言うことを聞いてしまう。今日のようにゆるしてしまう。どうせ敵いっこないんだ。

だけどもっと、本能的に、今から言われる「お願い」を聞きたくないと強く思った。

「わたし……未練をね、残したくないの」

いつもの自信満々な口調ではなく、言いにくそうに、だけど訴えるように彼女は言った。

「直矢くんに、手伝ってほしい」

ろくでもない、可愛げもない、藤宮守寿の最大級の願いごと。

やっぱり聞かなければよかった。

これから来る未来が、あと僅かであることを、思い知らされるかのような願いごと。

それがふたつしかねえのかよって、何かを恨みたいような気持ちになった。

当たり前のように同じ家に帰ってきた、隣のもう存在しないはずの存在を見て、この状況に寄りかかりたくなってきている自分を情けなく思った。

「直矢くんのお父さんとお母さん、今日もふたりでディナーなの？」

「うん。あいつらだけ贅沢すぎない？　ついでに弟も最近できた彼女と寄り道」

「ぶふふ。でもお姉さんがごはん作ってくれるんでしょ」

「彼氏と別れて暇なんだって」

「え！　残念だね……」

おまえがしょんぼりするのかよ。変なやつだな。

「着替えるからどっか行ってくんね？」

「ぶふふ、うしろ向いててあげるね」

こいつはだいたい上から目線。すげー嫌い。なんか視線感じるし。無視しよ。気づかないふり。それが勝ち。

幽霊って一時的に透明になったりできんのかな。できたら質悪いし絶対何か企むだろうから聞かないけど。

「直矢くんって細いのにがっちりしてるよねぇ」

いや、喋んなよ。気づかないふりが台無し。

「後ろ向いててくれるんじゃなかったっけ」

「直矢くんが後ろ向いてるならわたしはべつにいいかなって思って」

そういう理屈、本当に意味不明。いつだって自分中心。自分が正解。自己中ってやつだ。うざすぎ。気にしたくねえ。気にすんな、と言い聞かせながら下も着替える。どうでもいい。こいつの視線とか気にしないし。着替えとかべつに見ればいいし。

だいたい、こいつは今は幽霊。

藤宮守寿は死んだ。死んで、葬儀までの間に腐らないように冷凍庫みたいなところに入れられてて、夏が好きなのになって思って、棺に、季節外れのマフラーと手袋を入れてやった。

それならふつうそれつけて化けてくるだろ。

そういえば気にしてなかったけど青のワンピース姿。一番お気に入りの服なんだって自慢されたけど、正直言って暖色のほうが似合うと思う。

「直矢くん、早くこっち向いて」

とんでもなくひどい囁き(ささや)きに聴こえる。

「……そういえばさ」

「うん」

「なんで俺、葬儀だけじゃなくて、ほかのも呼ばれたんだろ」

「……ほかのって？」

「身体拭くやつとか、そもそも、危篤の時も」

「それはまあ、うちの家族はみんな、直矢くんはわたしの彼氏だと思っていたからじゃないかな」

「いや、おまえすげー否定してたじゃねえかよ。俺の前で散々」

「うーん……ごめんね？」

「謝られんの、腹立つから」

親族だけの場所に呼ばれて、見様見真似におまえの手拭いたりしたの、けっこうしんどかった。気遣うし。

それなのにのん気なやつだな。変な笑いかたで楽しそうに笑う。楽しい話したつもりないんだけど。

「直矢くん、ごめんね」

死んでもなお、その言葉を聴くとは思わなかった。


彼女には似合わないその言葉が増えていったのは、未練をなくしていく作業をはじめた頃からだ。

何が楽しいのか理解に苦しむホラー映画鑑賞をさせられたり。好きな漫画家のサイン会の長蛇の列に並ばされた。休日はあらゆるナントカ館に連れていかれ端から端まで歩かされる。

俺と出会うもっと前に長期入院していた時、小児病棟で出会いピアノを教えてくれた友達の発表会に一緒に行った。目を涙でにじませながら「聴けてよかった」とつぶやいた。だけど藤宮守寿はその友達には会わず、もう帰ろうと言った。

「わたしもピアノを習いたかったけれど、長時間練習するのは、体力的にむずかしい頃でね。夏凜ちゃんも同じだったはずなんだけど……すごい、がんばったんだなあって思った。あの頃よりもずっと上手に弾いてたもん。ドレスもとっても似合ってて。幸せのシの音も丁寧に弾いてた。かっこよかった。わたしも、ちゃんと、がんばらないと」

自分に言い聞かせるようにつぶやく横顔は、見たことない表情を浮かべていた。もしかしたら、普段隠している後ろ向きな思いが、少しだけ漏れたのかもしれない。

何か言葉をかけたかったけれど、思いを吐き出したことを気づかせて傷つけるような気がして、何も言えなかった。

冬の北海道に行ってみたい、と言われた時は頭を悩まされた。泊り禁止の藤宮家をどう丸め込むか、と。

「うそをつけばいいでしょ。友達と行くってわたし言うよ」

風紀委員が何言ってんだよ。

「べつに悪いことするわけじゃねーんだから、ちゃんと断ってからだろ」

そんなこんなで初めて踏み入れた藤宮家。何度か病院で会ったことはあるけれど、もちろん緊張はする。出されたお茶はひと口も飲めなかった。

案の定旅行は却下。

「おまえさあ、うそっぽいこと言うなよ。アレがなかったら絶対いけた」

「そうかなあ。うそっぽいかなあ」

うそっぽいだろ。北海道に一緒に行こうとしてる異性のこと、聞かれてもないのにわざわざ「彼氏じゃないよ！」「付き合ってはないの！」「お友達なの！」「だから安心して！」って……バカなの？　せめて聞かれてから言えよ。つーか俺の前で言うなよ。前もって言っとけよ。

どうやら付き合ってないらしい。初めて知った。

うそっぽい本当の台詞。あの時キスしようとした自分を呪いたい。

本当、最悪なやつだよな。

でも、気持ちは、真意は、なんとなくわかるから責められねえよ。

ただ少し、本当に少しだけ、ふてくされるのはゆるしてほしい。そう思っていたら、藤宮守寿は「ごめんね」と小さくつぶやいた。

初めての言葉に、おどろいてしまった。

見下ろすとくちびるをきゅっと結んで笑顔をつくっていて、たまらなくなってその頬をつねる。

「似合わねえこと言ってんじゃねえよ」

何に対してのごめん、だよ。

答えがこわくて聴けなかった。


それから彼女は未練になりそうなことを叶えるごとに「ごめん」とつぶやくようにな
った。

意識して、というよりは、何も考えずに出てくる言葉がそれ、みたいな声で言うから
どうしたらいいのか。

彼女が言うことは、俺にとって正解そのものだった。

だから、ごめんなんて言われると、これが正解なのかわからなくなった。

出かけて、疲れさせて。

多くなった風邪や貧血は、そのせいなんじゃないかと思って。

楽しいって思ってもらえていないならやめるべきなんじゃないか。無理をさせている
んじゃないか。俺ばっかりでいいのか。もっと一緒にいたいやつはいるんじゃないのか。

そんなとき、北海道旅行の許可がおりた。

その代わり藤宮家も同行、もちろん部屋は別、という条件付き。行く前にはいつもの

定期検査よりも長い検査を受けた。

飛行機で久しぶりに笑顔を見た。

北海道に着いて大雪が降っている光景に、彼女ははしゃいでいた。

「直矢くん、行こ！」

無邪気に手を摑んでくる。

うそっぽい本当の台詞は、やっぱりうそだと思いたい。

寒い外での観光。あたたかい室内で食べる鍋。その旅行で「ごめん」は一度も聞かなかった。

このまま帰りたくないな、と、何回思ったかわからない。

北海道から帰ってすぐに彼女は体調を崩して入院した。やっぱり行かないほうがよかったんじゃないかと、とても口にはできないことを思ってしまった。

「退院したら海に行きたいな」

それが最後の未練のような、そんな気がしたから、俺は最後まで付き合うことに決めた。

なんとか回復し退院できて、俺たちはすぐに海に行った。なんとなく、すぐに行かなければいけない気がしていた。

地元から一番近い、綺麗でもなんでもない海。

藤宮守寿が好きな青色もしていないのに、満足そうな笑顔を浮かべる。

「直矢くん、最近、わたしのことでたくさん悩んでたでしょ」

「……悩んでねえよ」

「ひとりで悩ませて、ごめんね。……思ってること聴かせてほしい」

また謝った。

そんなつもりじゃねえのに。

俺が勝手に、ふてくされていただけだった。

「……俺でよかったの？」

「え……」

「一緒にいるの、俺で良かった？」

きょとんとした顔。なにそれ。

しばらく考え込む素振りをしたあと、彼女はぶふふ、と盛大に笑った。

「なんだ、そんなことだったんだあ」

「そんなことってなんだよ」

言わなきゃよかった。自分のことをこいつに話すとだいたいそう思うから嫌なんだよ。

苛々するのもばからしくなってくる。

そんな思いでいると、ふいに手が重なった。

「直矢くん……ずるいこと、言ってもいい？」

いつも言ってんだろ。

「直矢くんと一緒にいたら楽しそうだなあって思ったから、きみに話しかけたんだよ。きっとわたしの特別なひとになる気がしてしつこくしていたら、本当にそうなったの。センサーすごいでしょ」

しつこい自覚あったのかよ。

ずるいこと言っていいって返事もしてないのに。

だけどいたずらが成功したみたいな顔で笑うから、敵わない。

仕返しのように指を絡めたけど、ぶふふ、という声が聴こえて、やらなきゃよかったと後悔した。

浜辺には入らずに、飽きることなく、何時間も移り変わる景色を眺めた。

「次倒れたら、危ないんだって」

絵本を読むような口調。

「そっか」

「うん。でも、未練はもうないよ」

清々(すがすが)しいな。

俺のほうがずっと、情けないと思う。闘って、つらい思いを何度もして、くるしい治療に耐えて、いつか迎えるものの影に怯(おび)えながら、それでもなんでも楽しもうと、なんでも好きになろうと、どんな時でも笑っていようと藤宮守寿はしているのに、俺はそれのひとつもわかってやれない。

未練はない、なんて言うなよ。

いくつあっても良いじゃねえかよ。だって、この手は何よりもあたたかい。

藤宮守寿は砂浜から立ち上がった。

今朝お気に入りだと紹介してくれた青いワンピースは、たぶん夏用で。今はコートを羽織っているから裾しか見えなくて、可哀想(かわいそう)だと思った。

「ねえ直矢くん、知ってる？　この世の生物はみんな海から生まれたんだって」

絵本なんかじゃない。

藤宮守寿という、俺の好きな人の、本当の話。

「だからわたしね、死んだら海に還(かえ)るって決めてるの」

初めて会った頃からなにひとつ変わらない、自信満々の笑顔。

自分の言うことは正解。

それくらい、周りのひとを信じきれる藤宮守寿のこと、だれよりもすげーやつだと思っている。

俺にも、だれにも真似できない、彼女だけの生き様。

死ぬなんて言うなよ。

そんな水を差すようなことは言えるわけがなくて。

水面が揺れた。

きらきらとした波が押し寄せると同時に、風が強く吹く。

風を感じるためにいつものように目を閉じた彼女のくちびるに、自分のそれを重ねた。

さっきよりも、たぶん今までで一番の仕返しだったと思う。

成功だった。

顔を赤く染め、泣いて笑っていそがしい藤宮守寿。

それが俺が最後に見た、一番のきみらしい表情だった。


葬儀が終わって初めての休日に入る夜、藤宮守寿の家族から連絡がきた。

そのことはなんとなく彼女に伝えられないまま次の日、余所行きの服に着替えて家を出た。

「なんできっちりしたお洋服？」「どこに行くの？」「お洋服似合っててかっこいいね」

「今日はなにするの?」「直矢くんはもうちょっと趣味をつくったりしたほうがいいよ!」とおせっかいなことを口煩く言ってくる。こいつ、本当にこのままずっと傍にいたらどうしよう。

俺は、どうするべきなんだろう。

何が正解なのか。どうしたら正解なのか。目印にしていた彼女にはもう頼れない。

藤宮家に着くと、本人は戸惑った表情を浮かべた。

「えっと……お線香あげてくれるの?」

「まあ、たぶん」

「傍にいるんだからしなくていいでしょ。わたし、ここにいるでしょ。お墓にもこの家にもいないでしょ」

うるせえな。まじでうるせえ。いつになくうるせえ。

きっと、家族の顔を見るのが、嫌なんだと思う。いやいや言い出すと思ったからここに来ることは言わなかったんだ。

強行突破で呼び鈴を鳴らすと、スリッパが擦れる音が家の中から聞こえた。

「直矢くん、いらっしゃい」

こいつに似ておっとりした声。丸顔。

「こん、ちわ」

「直矢くん！　こ・ん・に・ち・はって言わなきゃだめでしょ」

「……こんにちは」

だめだ、本当に黙ってほしい。気が散る。

家を出る時に母親に持たされたどら焼きを渡す。「胡麻饅頭がよかったあ」と隣から文句を言われたけど、さすがにコンビニで買ったやつ渡せねえだろ。アホすぎて無理。

遺影は、北海道での写真。

よく笑っていて、正直すげー良いやつ。

そこに向かって線香をあげて手を合わせてる間も幽霊は散々話しかけてきた。黙るってことができないらしい。

「あの、話って……」

おそるおそる、窺うように、失礼のないように、だけど直球で尋ねた。

藤宮守寿の両親と妹はすげー良いひとたちだけど、彼氏ではないとはっきり紹介された俺のことを内心どう思っているのかわからない。

正直気になってしかたない。

でも金色の髪をしていても何も言ってこないところはこいつの親なんだなって思う。

「これ……あの子からの手紙なんだけどね」

そう言って目の前に差し出された薄水色の封筒。

藤宮守寿はそれを見た瞬間、「ぎゃあああああ」と色気も何もない本気の叫び声をあげだして、思わず肩が上がってしまった。

その様子を不思議そうに見るお父さんとお母さんに、俺だけが見えていることが申し訳なくなる。

「あ、いや、なんでもないです……あの、それが、どうしたんですか」

「誰宛てか書いてなかったから見ちゃったの。私たち宛てだったんだけど、直矢くんのことも書いてあったの」

「え、俺のこと、ですか」

まだ騒いでいる彼女を鬱陶しく思って見上げると、首を横に振って何かを訴えてくる。中身を俺に知られたくないみたいだった。

「葬儀以外にも直矢くんを呼んでほしい、本当の最後まで直矢くんに見届けてほしい。そう書かれてたから来てくれるようにお願いしちゃったけど、親族ばっかりで居心地悪かったでしょ。私たちもあまり余裕がなくて……ごめんなさいね」

「あ、いえ……謝ることじゃ……」

なんなんだよ。おまえが俺を呼べって書いてたのかよ。

じろりと睨むと肩をすくめて「それ以上のことは絶対聞かないで!」と念押ししてく

る。ふざけんなよ。全部聞いてやる。

「それでね、直矢くんにはこれからもあるから言うかどうか迷ったんだけど……あの子、直矢くんのこと恋人じゃないって言ってたけど、本当は……」

「お母さん言っちゃだめ！！！」

藤宮守寿の、ぽってりしてない大きな声。

俺にだけ聴こえたはずが、お母さんの口も止まる。同時に遺影が倒れた。悪霊かよ……。

「直矢くん、みっつめのお願い！　わたしからちゃんと伝えるからお母さんたちからは聞かないで！」

悪霊じみたことをしたことにも気づいていない切羽詰まった様子で、触れられない俺に触れようとしてくる。なんだか泣きたくなった。

泣きたい。

藤宮守寿が死んで、くやしいけど、情けないけど、すげー悲しくて。

今までで一番。なんつう淋しい一番を残してくれやがったんだよ。

死んだくせに、なんでいつまでもひとりにさせてくれねえんだよ。

「お母さん、お父さん、すみません。……つづきは守寿さんから聴きます」

「え……？」

ここにいます。

確かにいるんです。

触れられないけれど、いつものように笑っています。

風は感じないみたいだけれど、それでもここに、まだ俺の傍にいます。

海に還るってはりきってたのに、俺が、いくなって言ったから。

「あの……失礼なことを、すみません。あいつの……骨を、少しだけもらえませんか」

「え……」

「……死んだら海に還りたいって言ってたんです。だから、ちゃんと送り出してやりたいんです。本当にすみません……だけど、お願いします……！」

せめて今度こそ、上手に見送りたい。

だれに非難されても、非常識だと思われても、こいつさえ笑ってくれるならそれでいい。

責任はとるよ。

俺なんかの言葉を無視できない優しい存在のためなら、いくらでも。

一日をずっと海を眺めて過ごしたあの冬の日以降、藤宮守寿の体調は良好とは言い難い日が続いていた。

それでも毎朝全校生徒の誰よりも早く登校して、放課後は校舎内を見まわり、風紀委員の仕事をがんばっていた。無理をしていることはなんとなくわかっていたけど、止めることはできなかった。

全校集会で委員会の活動発表の最中に盛大に倒れる彼女を見ても、それでも。やりたいことを精いっぱい全うしたその姿はかっこいいとさえ思った。


きつい治療。思い通りにいかない入院生活。

ベッドで寝転がっているだけなのに肩で息をする。

マシュマロボディなんだよって自慢していたくせにどんどん細くなっていく青白い身体。虚ろな目。いつまでも寄せられた眉。渇いたくちびる。車いすを頼ってする移動。

それでも、会いに行けば笑顔をつくって迎えてくれる。

強がり。

だけど、それがきっと、今までずっと続けてきた藤宮守寿の生きかただった。

「ねえ直矢くん、クラス替えはどうだった？」

今までで一番長く感じた春休みが終わり始業式のあと病室に入ると真っ先に聞かれた。

「最悪だよ」

「どうして？」

「またおまえと同じクラスだった」

「うそ！　すごくない？　うれしいの間違いでしょ」

「おまえがいるとうるせえんだよ。見張りうぜえし」

「ぶふふ。うれしそうだね」

「………」

うれしくねえっつってんだろ。

だけど何を言っても本心がバレるなら、さっさと早く学校に来て、思う存分見張れば。

「ねえ直矢くん。わたし、胡麻饅頭食べたい」

だけどそれは、願って良いものなのか、わからない。

彼女と俺が望むもの。

叶わなかった時、どうするべきなのか、なんて、考えたくもないから願いたくもない。

「だめだろ、ふつうに。元気になったらやまほど食えば」

「けちだなあ。ふつうってなに？　直矢くんにとってのふつうってなに？　ふつうなんてないでしょ」

なんでそんなに、焦ったような声してんだよ。

「ふつうなんてどうでもいいでしょ……金髪くんにふつうふつうって言われたってなんの説得力もないでしょ」

にっこり。

冬の海。あの時の笑顔じゃない。だけどこれが今の彼女の笑顔。

おそるおそる、その肩を引き寄せた。

あまりの細さに、くるしくなった。

「ぶふふ……頼んでないのにぎゅってしてくれた」

「こういう時、少しくらい黙れねえの？」

「ねえ直矢くん。きみは、大丈夫だよ」

何が、とは聞けなかった。

何であってもその理由のどこにも、藤宮守寿の存在がない気がしたからだ。

副作用に耐えて治療をしても良くなる兆しが見えない。

まるで封が閉じられた狭い袋のなか。

それでも笑ってがんばっている彼女に何ができるのか、無情に過ぎていく時間、いつまでも考え続けた。

ふつうなんてどうでもいいでしょ。

出会った頃から、そういう考えかた。だけどそういう考えじゃない人のほうが多いなかで、自分がいるだけで他人が明るく笑って過ごせるように常に考えてきた風紀委員。

俺にできること。

それ以上に、してやりたいこと。

俺がしたいこと。

それは、今までと何も変わらず、できるだけ傍にいたいということだけだった。

忍び込んだ、というより、逃げ込んだって言いかたのほうが似合う気がする。

それは残春の、満月の夜だった。

ノックをしてドアを開くと、丸い目をさらに広げてこっちを見た。

「……な……にをしてるの、直矢くん」

「やっぱり寝てなかった。どうせ眠れないなら暇に付き合ってやろうと思って来てやったよ」

眠っているはずなのに眼窩にくっきりと染みついた隈。日に日に深くなっていくからさすがに見てらんねえよ。

「だ……だからって面会時間もとっくに過ぎてるし……」

「おまえ個室なんだから大丈夫だろ。朝早く出てくよ」

「………」

申し訳なさそうな顔をする。ごめん、と言われる前に近づいた。

「なあ、今気分はどう？」

体調は悪いだろうけど。だからわざとそういう聞きかたをした。良い悪いを聞ければそれでよかった。

「あ、うん……すっごくうれしいよ」

だからその返事がくるとは思わなかったから、とても、ぐっときた。

すぐに抱きしめたかったけれど、それよりも。そっと手を差し出して「ちょっと起きれる？」と問いかけると彼女は頷（うなず）いた。

上半身を起こした彼女を見届けて、背中に添えた手をそのままにふとんを剝ぐ。

「え、な、なに？」

「いいから」

膝の裏に手を通し、その細い身体を持ち上げる。「ひゃあっ」と上ずった声が、言わないけど、ちょっと可愛かった。

「なになになに直矢くん……っ」

びっくりしすぎだろ。

「おまえ煩い。見つかったら俺が問題児扱いされるんだけど」

……へえ。こう言うと大人しくなるんだ。もっと前から使えばよかったかな。

カーテンと窓を開ける。

「わ……おおきな満月……！」

「あんなの出てんのにカーテン閉めとくなんてもったいねえよ」

「あんなのって。直矢くん、月を綺麗だと思えるひとだったんだね」

俺のことどういうやつだと思ってんの？　けっこう傍にいた時間あったと思うんだけど。

だけどたぶん、こいつのおかげだと思う。

空をじっくり見たことなんて、今までは一度もなかったよ。

「おまえが何て言っても、どう思ってても……俺は藤宮守寿のことが好きだよ」

なるべく優しく。

優しい声で、優しい表情で、言おうと努力した。

前に教室で倒れた時よりも、この前全校集会で倒れた時よりも、ずっとずっと軽くなった。

好きなものも食えないで、好きな場所にはこうなる前に行ききって、……このままだともうきっと彼女が好きなものの話をしてくれることはないんだろう。

「う……」

それでも、あきらめたくない。

どんな瞬間までも、藤宮守寿のなかの、好きなもののひとつでありたい。

「直矢くん、ありがとう」

夜風に目を閉じながらつぶやく。

「…………」

「わたしは、きみと出会ってから今日まで、幸せだと思わなかった日はないよ」

その言葉は俺にとって、月よりもまぶしくてあたたかいものだった。

なぜか泣きそうになり、それが嫌でどうしようもなくて、何も言葉を返せなかった。

ふたたびベッドに下ろすと、彼女はいたずらに布団の片側を開いた。

「ねえ、一緒に眠って」

「……え、嫌」

「そう言わないでよ。直矢くんが隣にいたらわたしもぐっすり眠れるんじゃないかって、直矢くんも思うでしょ」

そんなに自惚れてねえんだけど。

ぶふふ、と笑う。力はなく、いびつで、それでいて無理のない優しい笑み。

しかたなく隣に入り込む。

何してんだろ、とすぐに飛び出したくなった俺の腕を、縋るように掴む手が、つよく震えていた。

「直矢くん……実は最近ね、眠るのがこわかったの。明日が来なかったらどうしようって……もう直矢くんに会えなかったらどうしようって。弱虫でしょ」

「弱くねえだろ。小さいころからずっと、がんばってんだから」

すぐに否定すると、またぶふふ、と笑った。何かを押し殺すような笑い声だった。

「明日になったら、俺が起こしてやる。だから……寝ても大丈夫だよ」

寝ないと身体がもたなくなる。

負けんなよ。

できることは、やっていこうよ。大丈夫になれるように、俺も考えるから。

「ありがとう。おやすみなさい、直矢くん」

「……おやすみ、藤宮守寿」

この言葉を言い合うのは初めてだった。

それは俺が言った恋の言葉よりもずっと、優しい響きのように思えた。

起こす、なんてかっこつけておいてどうしようもねえけど、次の日寝過ごしてけっきょく問題児扱いされることになる。

あいつはそんな俺を楽しそうに、力ない笑みで優しく庇(かば)った。

藤宮守寿の危篤は、気温が三十度以上の真夏日が続きはじめた、だけどふつうの平日になるはずの朝だった。

一昨日ついに、勝手に胡麻饅頭を食べさせたのが悪かったのかもしれない。気を失うように横たわる彼女を見て、後悔しないように必死だった。

もっと何かできることはあったんじゃないか。

今何ができるのか。

……これで、本当に最後なのか。

浮かんでは消えてくれない無数の問い。だれに聴いたら答えてくれるのか、わからなかった。


よく笑う藤宮守寿。

楽しい学校生活を自分もみんなにも送ってもらいたいと思っていた藤宮守寿。

口煩くて、煩くて、だけどその明るい声が好きだった。

風になびく茶色い髪を目で追いかけるか、閉じられた目を囲うまつげを見るか、本当はよく迷っていた。

好きだと言っていたもの、うんざりするほどたくさんあったのに、全部憶えている。

シの音、おまえだってちゃんと丁寧に弾けてたよ。

ぽてっとした話しかたも、直矢くんって呼ぶ時の跳ねたような口調も、うれしそうな笑顔も、きみは大丈夫だと言ってくれた自信満々な藤宮守寿の生き様も、俺をすくう宝物だった。

まだ三年の教室来れてないだろ。

二年の時と変わらず、おまえの席は教室の真ん中で固定されてるんだよ。

みんなが藤宮守寿の存在を望んでる。

応えてやらなきゃだめだろ。

……だけど本当は、きみはいつだって、何に対してもだれに対しても、たとえ、病気に対してだって、真っ直ぐに応えようとしていたことを知っている。

そういうところが好きだった。

何もかもが好きだった。大好きだった。

藤宮守寿がいなくなったら、俺は、何を好きになったらいいんだよ。

情けない言葉が全身をめぐる。

藤宮守寿。

なあ、待って――。

どの言葉も、最後の瞬間が過ぎても、声にすることはできなかった。

藤宮守寿はなんとか日付を跨ぐまで懸命だったけれど、そのまぶたを囲うまつげを揮わせることは一度もなかった。

最後にふたりで出かけた海へ向かう電車のなかで、「お金ひとりぶんで済むね」と笑った。

こっそり耳打ちしてきたけど、どんなに大きく喋ってもうこの声は周りに届かないと思うと、なんて喩えたら正解なのかわからない気持ちになった。

「海水浴してるひといないねえ」

「こんな汚え海じゃだれも泳ぎたくねえだろ」

「そうかな？　わたしはここの海好きだよ。特別感のうすーい海って感じ」

「けなしてる？」

「ちがうよー。一番身近な海。直矢くんだってそう思うでしょ」

よくわからないけど頷いとく。同調しないとしつこく説得してこようとするからめんどくさい。

「だけど、好きな理由はそれだけじゃないよ」

手、繋ぎたいな。

あたたかくても、そうじゃなくても、どっちでもいいから。

「直矢くんとの思い出の場所」

「そんなんいっぱいあるだろ」

「そうだけど、でもちゅーしたのはここだけでしょ」

いたずらが成功したときのような、無邪気な笑顔でこっちを向く。こいつ、本当に嫌だ。

無視をしようと決め込むと、彼女もべつに気にしてない様子で青いワンピースの裾をまた返す。

「ねえ、本当は、直矢くんのせいじゃないと思う」

横顔にまつげの影が落ちる。幽霊でも影はできるんだな。ドラマや映画をつくる人に教えてやりたい。

……なんて。

だれにも教えたくない。

人気者だった風紀委員が俺にくれたもの全部。

だれにも教えない。

贅沢なくらい、俺だけの、きみ。

「未練がね、あったの」

未練をなくすための日々。ドラマや映画でよく見る、成仏できない情けない存在にはなりたくないんだと、藤宮守寿が言うからしかたなく付き合っていただけ。

本当はいつも思ってた。

未練なんていくらあったって良いじゃねえかよって。

まるで死ぬ準備をしているような日々が大嫌いだった。

そのうち、もし死んでも、どんなかたちであれ此処に、傍に、いてほしいと思う自分を必死で隠すようになった。

だからおまえが現れた時、俺のせいだなって思った。

それで良かったのに。

「お手紙には書いたけど……やっぱり、一度くらいはちゃんと自分の言葉で、声で、伝えたかったの。たぶん、死んじゃうときね、最後にそう思ったの。ずるいことかもしれないけど……」

「……ずるくて良いから、こっち見て言えよ」

「……うん」

青いワンピースが揺れる。

それはこの世界に吹く風や空気のせいじゃない。彼女がいる世界のもの。

真っ直ぐな、光がともる瞳。
海も月も風もクラスメイトも漫画も病院も胡麻饅頭もテストも金色の髪もシの音にも
何もかもに良いところを見つけられるその目が、耳が、手が、好きだ。
今も、いつまでも、それはもう二度と変わることのない俺だけの想い。

「藤宮守寿は入海直矢くんのことが、大好きです」


その声は震えていた。

泣くのかな、と思って見ていたけれど、彼女は俺が好きな笑顔を浮かべた。

やっと言ってくれた。そう思った。

「出会ったころから……ずっと……オリエル窓からつまらなそうにお外を見てるきみを見つけたときはすごくうれしかった。話しかけたらだいたいちゃんと答えてくれるきみを知って、たくさん大好きになって……でも勇気がなくて、生きてるうちに伝えられなかった」

「言いに来てくれたから、良いよ」

「ぶふふ。直矢くん、やっぱり笑ってる。こう言ったら笑ってくれると思った」

「べつに笑ってねーよ」

「笑ってるよ。胡麻饅頭を初めて食べた日と、北海道でカニ雑炊食べたときと、キスした瞬間と、今だけのレアスマイル」

「……なにそれ、ダサ」

「ぶふふ」

変な笑いかた。

藤宮守寿はどんな瞬間を切り取っても、笑っている。

だれにでもできる生きかたじゃないよな。

きみだけのもの。

「……本当は泣きたかったのに」

そうこぼすと彼女は肩をすくめた。

「それはよかった。きみがしてくれるたまにの笑顔が、わたしはいつも、何よりもうれしかったの」

そうかよ。

しょうもないはずの俺の今までごと、好いてくれているような台詞。

「未練、おしまい」

「……うん」

本当にすげーやつだよ。

最後の未練がこれでいいのかよ。

手を伸ばすと小さな手が重なった。

少し屈(かが)んでそっとくちびるを塞ぐ。

大切な記憶を手繰(たぐ)り寄せ、ちゃんと触れられていると思い込んだ。

一生離れたくないと思っていたけれど、彼女がまだ喋りたそうな様子で離れていく。

「ねえ、いつか幸せだって笑うきみを願ってるよ」

一緒にいられた時間は、本当に、心から、幸せな日々だったと思う。

だけど、終わりがくることを知っている藤宮守寿が、いつもくるしかった。

「……ありがとう」

そう思っていたことは、どうやらバレていたらしい。彼女のお願い、は、またひとつ増えた。心配させて、ごめんな。

「それから、あのね、もう自分でもわかってると思うけど……直矢くんには、なんの問題もないよ」

「…………」

「直矢くんなら自分で正解を考えられる。答えられる。間違えたってがんばれる。やり直すこともできる。何回でも。だからこれからも大丈夫だよ」

何度か言ってくれた自信満々な意味のわからなかった『大丈夫』。その意味を、今日

　初めて知った。

　もう一度会いに来てくれたから知ることができた。だから、もう、大丈夫だ。

「わかった。とりあえず、今、今度こそちゃんと見送るから……そのうち迎えに来て」

　俺の最大級の願い。

「初めてのお願いごとだね！　わかったよ、お約束ね。直矢くんが腰の折れたしわくちゃのおじいちゃんになってても必ず見つけてあげるね」

　くやしいから若々しくいようと思った。


　いくなよ。

　その言葉を今度こそ飲み込んで、小瓶に入れていた彼女の一部を手のひらに広げる。

　その瞬間、風が強く吹いた。思わず目をつぶって、また開くと、彼女の姿はもうなかった。

　手のひらに少し残ったそれを舐める。

「……しょっぱ」

　食うもんじゃねえな、と、思わず笑ってしまった。

　──好きだっつーなら、責任もって、いつか約束守れよな。

　波が返事をするみたいに足元までやってきたから、それ以上の涙は、ありったけ我慢した。

＊

『ほかの人より短い人生で、出会ってくれた人たちに、何ができるかを考えてた。

だけど本当はそれ以上に
誰かの記憶に残りたくて
生きた証（あかし）を残したくて
大切に思われてみたくて

独りよがりが申し訳なくて、せめて、だれかを楽しませられるようになろうとした。
そんなわたしを最後まで楽しませてくれたのはきみという存在でした。

出会ってくれてありがとう。おかげでいっぱい笑えたよ。きっと世界で一番幸せな女の子になれたよ。

いつも大事そうに名前を呼んでくれるのがうれしかった。
できればきみの人生分わたしも生きてみたかった。
だけどその気持ちは内緒にする。

——「いくなよ」
だから、その前に、本当はずっと伝えたかったこと
今度こそ勇気を出すから、伝えにいってもいいかな。
その言葉(想い)でなら
わたしでもきみのことを、幸せだって笑わせられると思うから』

著者略歴

岡田朔（おかだ・さく）

一九八〇年、愛知県生まれ。二〇一五年「フォロワー～The sky is the limit～」でJUNON学園ホラー小説大賞、二〇二二年「僕たちは恋をしない」で第三回エブリスタ×ナツイチ小説大賞〈恋愛短編部門 smash.賞〉を受賞。同作は映像化された。

icole（いこる）

一九九四年、福岡県生まれ。二〇二二年「君の生きる希望となるならば。」で第三回エブリスタ×ナツイチ小説大賞〈恋愛短編部門〉を受賞。

比村コズヱ（ひむら・こずえ）
一九八四年、宮城県生まれ。二〇二二年「さそりの心臓に恋をして」で第三回エブリスタ×ナツイチ小説大賞〈恋愛短編部門〉を受賞。

白妙スイ（しろたえ・すい）
一九八五年、静岡県生まれ。二〇二二年『お見合い夫婦は契約結婚でも極上の愛を営みたい～策士なドクターの溺愛本能～』（マーマレード文庫）でデビュー。同年「キスの魔法はアイシャドウ」で第三回エブリスタ×ナツイチ小説大賞〈恋愛短編部門〉を受賞。

朝月まゆ（あさつき・まゆ）
一九九五年、神奈川県生まれ。國學院大学文学部日本文学科卒。二〇二二年「透明のあなたへ」で第三回エブリスタ×ナツイチ小説大賞〈恋愛短編部門〉を受賞。

綺森（きもり）
一九九五年、東京都生まれ。二〇二二年「戀を手向ける」で第三回エブリスタ×ナツイチ小説大賞〈恋愛短編部門〉を受賞。

第三回エブリスタ×ナツイチ小説大賞〈恋愛短編部門〉受賞作

本書は、小説投稿サイト「エブリスタ」に掲載されたものを
大幅に加筆・修正したオリジナル文庫です。

本文デザイン／目﨑羽衣（テラエンジン）

集英社文庫　目録（日本文学）

森村誠一　凍土の狩人
森村誠一　悪の戴冠式
森村誠一　社賊
森村誠一　誘鬼燈
森村誠一　死媒蝶
森村誠一　花の骸
森本浩平・編　沖縄。人、海、多面体のストーリー
諸田玲子　月を吐く
諸田玲子　髭麻呂　王朝捕物控え
諸田玲子　恋縫
諸田玲子　おんな泉岳寺
諸田玲子　狸穴あいあい坂
諸田玲子　炎天の雪(上)(下)
諸田玲子　恋かたみ　狸穴あいあい坂
諸田玲子　四十八人目の忠臣
諸田玲子　心がわり　狸穴あいあい坂

諸田玲子　今ひとたびの、和泉式部
諸田玲子　尼子姫十勇士
八木圭一　手がかりは一皿の中に
八木圭一　手がかりは一皿の中に　ご当地グルメの誘惑
八木圭一　手がかりは一皿の中に　FINAL
八木澤高明　青線　売春の記憶を刻む旅
八木澤高明　日本殺人巡礼
八木原一恵・編訳　封神演義　前編
八木原一恵・編訳　封神演義　後編
矢口敦子　祈りの朝
矢口敦子　最後の手紙
矢口敦子　海より深く
矢口敦子　炎より熱く
矢口史靖　小説　ロボジー
薬丸岳　友罪
八坂裕子　幸運の99%は話し方できまる！

八坂裕子　言い返す力　夫・姑・あの人に
安田依央　たぶらかし
安田依央　終活ファッションショー
安田依央　ひと喰い介護
安田依央　四号警備　新人ボディガード久遠航太の受難
柳広司　百万のマルコ
柳澤桂子　愛をこめ　いのち見つめて
柳澤桂子　生命の不思議
柳澤桂子　ヒトゲノムとあなた
柳澤桂子　すべてのいのちが愛おしい　生命科学者から孫へのメッセージ
柳澤桂子　永遠のなかに生きる
柳澤健　1974年のサマークリスマス　林美雄とパックインミュージックの時代
柳田国男　遠野物語
柳田由紀子　宿無し弘文　スティーブ・ジョブズの禅僧
矢野隆　蛇衆
矢野隆　慶長風雲録

集英社文庫 目録（日本文学）

矢野隆 斗棋
矢野隆 琉球建国記
山内マリコ パリ行ったことないの
山内マリコ あのこは貴族
山川方夫 夏の葬列
山川方夫 安南の王子
山口百恵 蒼い時
山﨑宇子 ラブ×ドック
山崎ナオコーラ 「ジューシー」ってなんですか？
山田詠美 メイク・ミー・シック
山田詠美 熱帯安楽椅子
山田詠美 色彩の息子
山田詠美 ラビット病
山田かまち 17歳のポケット
山田裕樹・編 智に働けば 石田三成像に迫る十の短編
山田吉彦 ONE PIECE勝利学

山中伸弥 畑中正一 ひろがる人類の夢 iPS細胞ができた！
山前譲・編 文豪の探偵小説
山前譲・編 文豪のミステリー小説
山本一力 銭売り賽蔵
山本一力 戌亥の追風
山本兼一 雷神の筒
山本兼一 ジパング島発見記
山本兼一 命もいらず名もいらず(上) 幕末篇
山本兼一 命もいらず名もいらず(下) 明治篇
山本兼一 修羅走る 関ヶ原
山本巧次 乳頭温泉から消えた女
山本文緒 あなたには帰る家がある
山本文緒 ぼくのパジャマでおやすみ
山本文緒 おひさまのブランケット
山本文緒 シュガーレス・ラヴ
山本文緒 まぶしくて見えない

山本文緒 落花流水
山本雅也 キッチハイク！ 突撃！ 世界の晩ごはん ～アンドレアは素手でパリージャを焼く編～
山本雅也 キッチハイク！ 突撃！ 世界の晩ごはん ～ソフィーはタジン鍋より圧力鍋が好き編～
山本幸久 笑う招き猫
山本幸久 はなうた日和
山本幸久 男は敵、女はもっと敵
山本幸久 美晴さんランナウェイ
山本幸久 床屋さんへちょっと
山本幸久 GO！GO！アリゲーターズ
山本幸久 大江戸あにまる
唯川恵 さよならをするために
唯川恵 彼女は恋を我慢できない
唯川恵 OL10年やりました
唯川恵 シフォンの風
唯川恵 キスよりもせつなく
唯川恵 ロンリー・コンプレックス

集英社文庫 目録（日本文学）

唯川恵　彼の隣りの席
唯川恵　ただそれだけの片想い
唯川恵　孤独で優しい夜
唯川恵　恋人はいつも不在
唯川恵　あなたへの日々
唯川恵　シングル・ブルー
唯川恵　愛しても届かない
唯川恵　イブの憂鬱
唯川恵　めまい
唯川恵　病む月
唯川恵　明日はじめる恋のために
唯川恵　海色の午後
唯川恵　肩ごしの恋人
唯川恵　ベター・ハーフ
唯川恵　今夜 誰のとなりで眠る
唯川恵　愛には少し足りない

唯川恵　彼女の嫌いな彼女
唯川恵　愛に似たもの
唯川恵　瑠璃でもなく、玻璃でもなく
唯川恵　今夜は心だけ抱いて
唯川恵　天に堕ちる
唯川恵　手のひらの砂漠
唯川恵　雨心中
唯川恵　みちづれの猫
湯川豊　須賀敦子を読む
行成薫　名も無き世界のエンドロール
行成薫　本日のメニューは。
行成薫　僕らだって扉くらい開けられる
雪舟えま　バージンパンケーキ国分寺
雪舟えま　緑と楯ハイスクール・デイズ
柚月裕子　慈雨
夢枕獏　神々の山嶺(いただき)(上)(下)

夢枕獏　黒塚 KUROZUKA
夢枕獏　ものいふ髑髏(どくろ)
夢枕獏　秘伝「書く」技術
養老静江　ひとりでは生きられない ある女医の95年
横幕智裕 周良貨／能田茂・原作　監査役 野崎修平
横森理香　凍った蜜の月
横森理香　30歳からハッピーに生きるコツ
横山秀夫　第三の時効
吉川トリコ　しゃぼん
吉川トリコ　夢見るころはすぎない
吉川永青　闘鬼 斎藤一
吉川永青　家康が最も恐れた男たち
吉木伸子　スーパースキンケア術 あなたの肌はまだまだキレイになる
吉沢久子　老いをたのしんで生きる方法
吉沢久子　老いのさわやかひとり暮らし
吉沢久子　花の家事ごよみ 四季を楽しむ暮らし方

集英社文庫　目録（日本文学）

吉沢久子　老いの達人幸せ歳時記
吉沢久子　吉沢久子100歳のおいしい台所
吉田修一　初恋温泉
吉田修一　あの空の下で
吉田修一　空の冒険
吉田修一　作家と一日
吉田修一　泣きたくなるような青空
吉田修一　最後に手にしたいもの
吉永小百合　夢の続き
吉村達也　やさしく殺して
吉村達也　別れてください
吉村達也　セカンド・ワイフ
吉村達也　禁じられた遊び
吉村達也　私の遠藤くん
吉村達也　家族会議
吉村達也　可愛いベイビー
吉村達也　危険なふたり
吉村達也　ディープ・ブルー
吉村達也　生きてるうちに、さよならを
吉村達也　鬼の棲む家
吉村達也　怪物が覗く窓
吉村達也　悪魔が囁く教会
吉村達也　卑弥呼の赤い罠
吉村達也　飛鳥の怨霊の首
吉村達也　陰陽師暗殺
吉村達也　十三匹の蟹
吉村達也　それは経費で落とそう
吉村達也　「会社を休みましょう」殺人事件
吉村達也　OL捜査網
吉村達也　悪魔の手紙　ヨコハマOL探偵団
吉村龍一　旅のおわりは
吉村龍一　真夏のバディ
よしもとばなな　鳥たち
吉行あぐり　吉行和子　あぐり白寿の旅
吉行淳之介　子供の領分
與那覇潤　日本人はなぜ存在するか
米澤穂信　追想五断章
米澤穂信　本と鍵の季節
米原万里　オリガ・モリソヴナの反語法
米山公啓　医者の上にも3年
米山公啓　命の値段が決まる時
リービ英雄　模範郷
隆慶一郎　一夢庵風流記
隆慶一郎　かぶいて候
連城三紀彦　美女
連城三紀彦　隠れ菊(上)(下)
わかぎゑふ　秘密の花園
わかぎゑふ　ばかちらし

集英社文庫　目録（日本文学）

わかぎゑふ　大阪の神々
わかぎゑふ　花咲くばか娘
わかぎゑふ　大阪弁の秘密
わかぎゑふ　大阪人の掟
わかぎゑふ　大阪人、地球に迷う
わかぎゑふ　正しい大阪人の作り方
若桑みどり　クアトロ・ラガッツィ(上)(下) 天正少年使節と世界帝国
若竹七海　サンタクロースのせいにしよう
若竹七海　スクランブル
和久峻三　夢の浮橋殺人事件 あんみつ検事の捜査ファイル
和久峻三　女検事の涙は乾く あんみつ検事の捜査ファイル
和田秀樹　痛快！心理学 入門編 ―なぜ僕らの心は壊れてしまうのか
和田秀樹　痛快！心理学 実践編 ―どうしたら私たちはハッピーになれるのか
渡辺淳一　白き狩人
渡辺淳一　麗しき白骨
渡辺淳一　遠き落日(上)(下)

渡辺淳一　わたしの女神たち
渡辺淳一　新釈・からだ事典
渡辺淳一　シネマティク恋愛論
渡辺淳一　夜に忍びこむもの
渡辺淳一　これを食べなきゃ
渡辺淳一　新釈・びょうき事典
渡辺淳一　源氏に愛された女たち
渡辺淳一　マイ センチメンタルジャーニィ
渡辺淳一　ラヴレターの研究
渡辺淳一　夫というもの
渡辺淳一　流氷への旅
渡辺淳一　うたかた
渡辺淳一　くれなゐ
渡辺淳一　野わけ
渡辺淳一　化身(上)(下)
渡辺淳一　ひとひらの雪(上)(下)

渡辺淳一　鈍感力
渡辺淳一　冬の花火
渡辺淳一　無影燈(上)(下)
渡辺淳一　孤舟
渡辺淳一　女優
渡辺淳一　仁術先生
渡辺淳一　花埋み
渡辺淳一　男と女、なぜ別れるのか
渡辺淳一　医師たちの独白
渡辺将人　大統領の条件 アメリカの見えない人種ルールとオバマの前半生
渡辺優　ラメルノエリキサ
渡辺優　自由なサメと人間たちの夢
渡辺優　アイドル 地下にうごめく星
渡辺優　悪い姉
渡辺雄介　MONSTERZ
渡辺葉　やっぱり、ニューヨーク暮らし。

集英社文庫　目録（日本文学）

渡辺葉　ニューヨークの天使たち。
綿矢りさ　意識のリボン
綿矢りさ　生のみ生のままで(上)(下)
*
集英社文庫編集部編　短編復活
集英社文庫編集部編　短編工場
集英社文庫編集部編　おそ松さんノート
集英社文庫編集部編　はちノート—Sports—
集英社文庫編集部編　短編少女
集英社文庫編集部編　短編少年
集英社文庫編集部編　短編学校
集英社文庫編集部編　短編伝説
集英社文庫編集部編　短編伝説　めぐりあい
集英社文庫編集部編　短編伝説　愛を語れば
集英社文庫編集部編　短編伝説　旅路はるか
集英社文庫編集部編　短編伝説　別れる理由
集英社文庫編集部編　短編アンソロジー　味覚の冒険
集英社文庫編集部編　短編アンソロジー　患者の事情
集英社文庫編集部編　よまにゃノート
集英社文庫編集部編　よまにゃ自由帳
集英社文庫編集部編　短編宇宙
集英社文庫編集部編　STORY MARKET　恋愛小説編
集英社文庫編集部編　よまにゃにちにち帳
集英社文庫編集部編　短編ホテル
集英社文庫編集部編　短編アンソロジー　学校の怪談
集英社文庫編集部編　よまにゃハッピーノート
青春と読書編集部編　COLORSカラーズ
短編プロジェクト編　非接触の恋愛事情
短編プロジェクト編　僕たちは恋をしない

S 集英社文庫

僕たちは恋をしない

2022年10月25日　第1刷　　定価はカバーに表示してあります。

編　者　短編プロジェクト
著　者　岡田　朔　icole　比村コズエ　白妙スイ
　　　　朝月まゆ　綺森
発行者　樋口尚也
発行所　株式会社 集英社
　　　　東京都千代田区一ツ橋2-5-10　〒101-8050
　　　　電話【編集部】03-3230-6095
　　　　　　【読者係】03-3230-6080
　　　　　　【販売部】03-3230-6393（書店専用）
印　刷　株式会社広済堂ネクスト
製　本　株式会社広済堂ネクスト

フォーマットデザイン　アリヤマデザインストア　　マークデザイン　居山浩二

ISBN978-4-08-744449-0 C0193